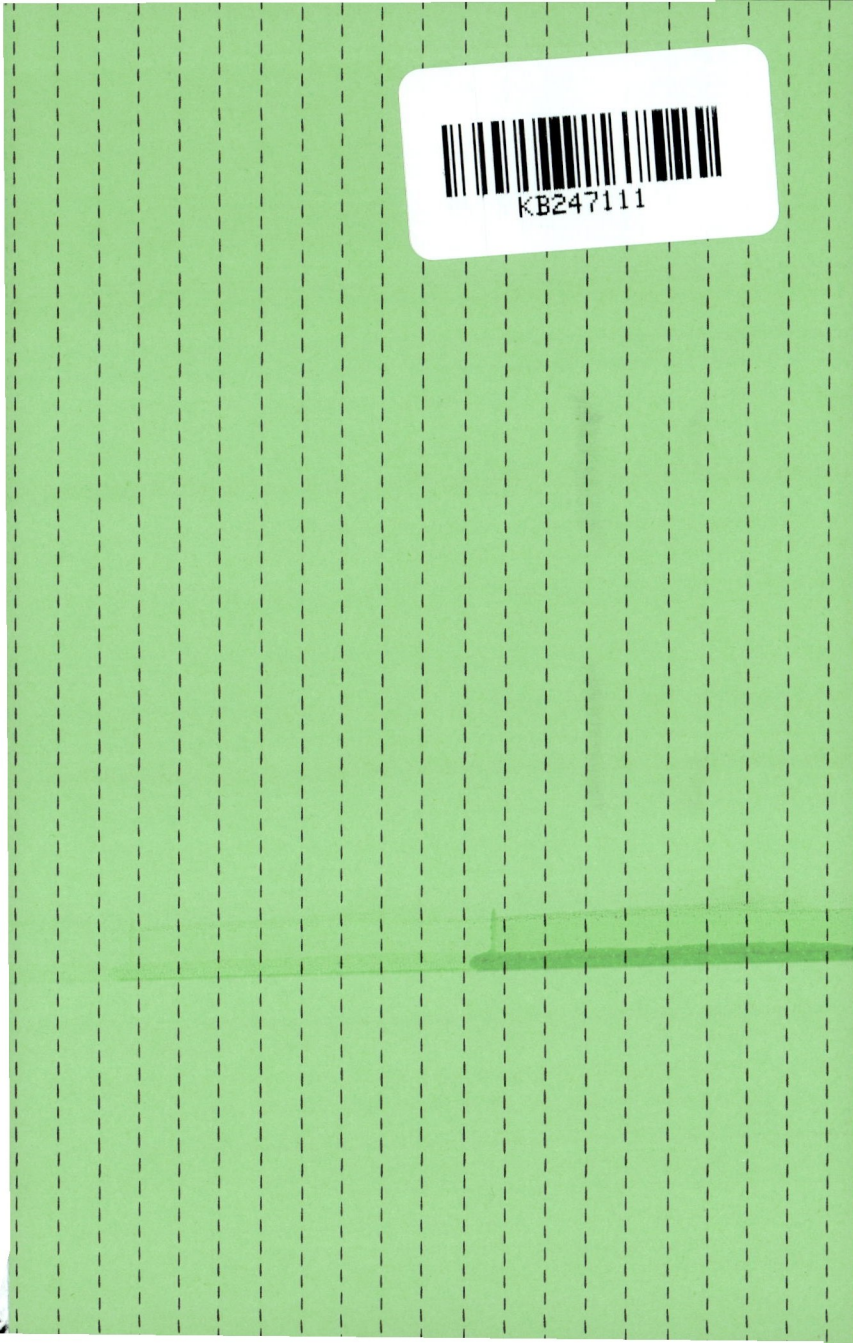

단어; 집

단어; 집

니 맘대로
내 맘대로

실키 글·그림

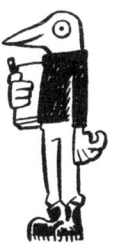

현암사

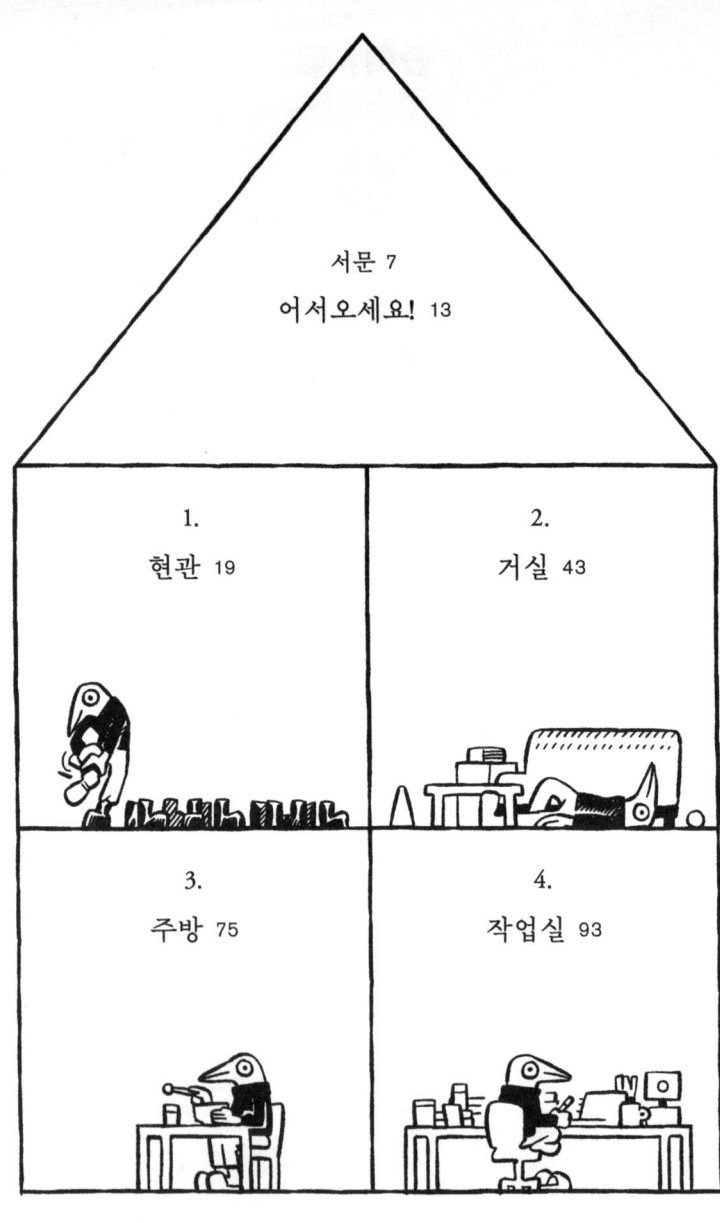

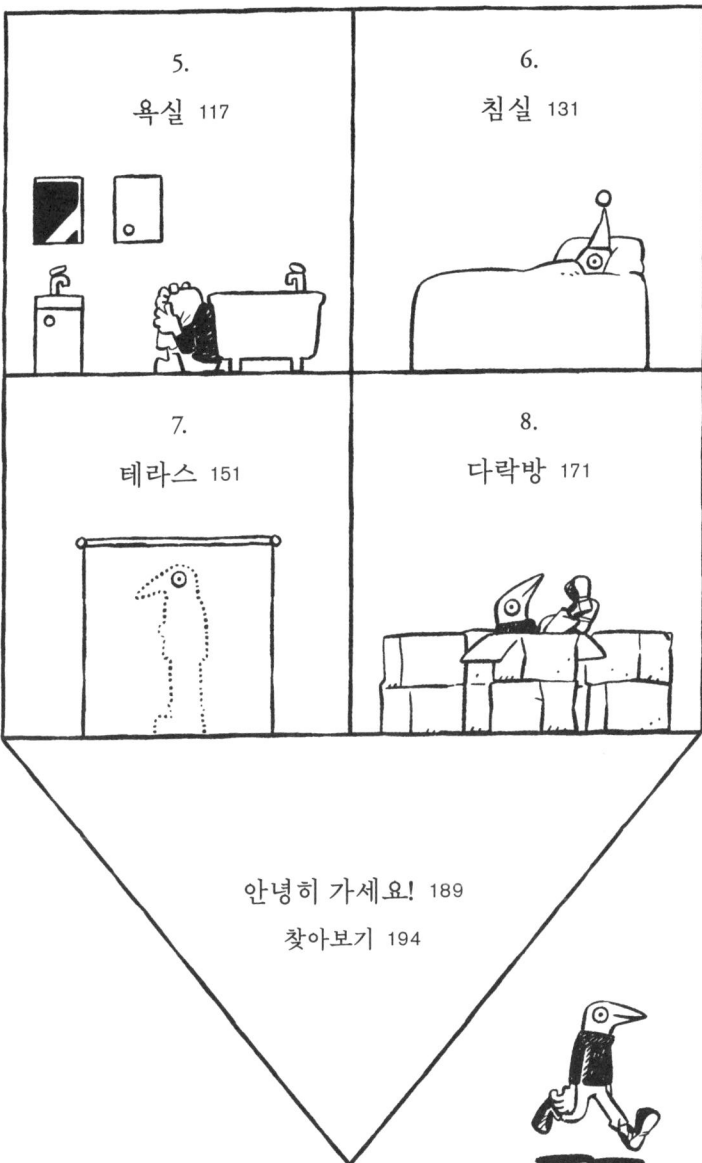

【 서문 】

나는 책을 읽을 때 서문을 그냥 넘긴다. 그 뒤로 이어지는 옮긴이의 말도 그냥 그렇구나 한다. 내가 알고 싶은 것은 책의 내용이지, 작가의 말이 아니기 때문에.

어렸을 때부터 외국 청소년 소설들을 주로 읽었는데, 그 책 중에는 '사랑하는 엠마에게'나 '엄마를 위하여' 같은 헌사, 혹은 유명한 책의 한 구절로 시작하는 것들이 많았다. 그래 서 나도 언젠가 책을 쓴다면 '누구에게'라고 반 토막 정도 되는 길이의 한 문장만 남겨야겠다고 생각했다.

서문을 신경 써서 읽게 된 것은, 서문을 직접 써야만 하게 된 이후부터이다. 2016년에 첫 책인『나 안 괜찮아』를 내며 작가의 말을 써야 했다. 무슨 말을 써야 할지 몰라서 편집자님께 여쭤도 보고 인터넷에도 검색도 했다. 내가 보지 않고 넘겼던 서문들을 다시 찾아 읽었다.

서문은 보통 이렇게 전개된다. 먼저 원고를 쓰게 된 경위와 집필 과정을 설명하고, 본문 내용을 간추려 소개한 뒤, 마지막에 감사한 사람들을 나열한다. 마지막에는 소망을 담은 문장을 쓰는데, 책을 관통하는 메시지를 담고 여운이 남는 문장이면 좋다. 이번 책의 서문을 쓴다면 이렇게 구성할 것이다:

● 집필 경위

2024년에 현암사에서 나만의 단어 사전을 제안받았다. 첫 책부터 프랑스에서 낸 책까지, 한국에서 찾을 수 있는, 내가 혼자 쓰고 그린 책은 늘 현암사와 함께였다. 나에게 현암사는 단순한 출판사 이상의 의미가 있다. 책을 쓰는 것뿐만이 아니라, 협업하는 법부터 메일 쓰는 법까지 현암사를 통해 배웠다. 다른 협업자들과 일을 할 때마다 감사를 느낀다. 그렇기 때문에 처음 기획 제안서를 받았을 때 정말 기뻤고, 책이 나올 2025년이 현암사 80주년이라고 해서 흔쾌히 받아들였다.

● 집필 과정

나는 줄곧 만화로만 말을 전했다. 친구에게 편지를 쓸 때나 일기를 쓸 때도 말의 방향이 갑자기 다른 곳으로 튀거나 원래 화제로 돌아오고 싶어서 화살표나 말풍선을 많이 이용했다. 심지어 말로 설명할 때도 어떤 사람이 이렇게 말했다며 설명하는 것보다, 라디오에서 사연을 읽듯이 상황과 배경을 설명한 뒤에 목소리를 바꿔 대사처럼 전달하는 것이 편하다. 그렇게 글과 그림이 늘 2인조로 함께해 왔는데, 이번 책은 2인조 중에 한 명만 솔로 데뷔를 한 셈이다. 물론 완전한 솔로 앨범은 아니고, 글이 메인 아티스트이고, 게스트로 그림이 참여했다.

● 내용 요약

이 책은 내가 쓰는 단어집이다. 내가 쓰는 프랑스 단어의 뜻과 상대가 생각하는 뜻이 달라 오해가 생겨 말꼬리를 잡고 말싸움을 한 적 있다. 참고로 상대도 프랑스어가 모국어가 아닌 외국인이었다. 나는 이렇게 말했다: "나는 그 단어의 뜻을 이렇게 생각하고 있어. 너는 이 단어를 어떻게 생각하기에 그렇게까지 화가 난 거야? 내 의도는 그게 아니고, 네가 오해한 것 같은데, 네가 생각하는 이 단어 뜻을 알려줄 수 있을까?" 이 말은 친구를 더 화나게 했다.

이 일이 있고 나서, 사람마다 뚜렷한 각자의 단어 사전이 있다는 걸 알게 되었다. 그 사전은 쉽사리 수정되지 않는다는 것도. 그래서 나는 사람들이 자신만의 단어집을 만들고 나누었으면 좋겠다.

● 감사한 분들

늘 제일 감사한 분들은 독자님들이다. 한 개인의 시간과 돈, 에너지를 한순간 독점할 수 있는 기회를 내게 주셨다. 사람 한 명은 하나의 세상이라, 그 시선과 신경을 잠시라도 가지는 것은 너무나도 어려운 일이고 큰 축복이다. 진심으로 감사드립니다.

책을 쓰기 전에는 책이 만들어지기까지 도움을 주신 분들에게는 개인적으로 감사하면 된다고 생각했다. 하지만 매번 절실히 깨닫지만, 책은 혼자 만들 수 없고, 정말 많은 분들과의 협동으로 완성된다. 이 책을 함께 만든 김솔지 편집자님과, 직접 이야기를 나누지는 않았지만 책의 모양새가 나오기까지 함께해주신 분들, 책이 독자님들의 눈과 손에 닿을 수 있도록 도와준

분들, 전문가 선생님들 덕분에 책이 나올 수 있었다.

이제까지 한국에서 낸 책마다 가족 구성원 한 명을 골라 인사를 전했다. 첫 번째 책은 동생, 두 번째는 엄마, 세 번째는 아빠.(프랑스에서 먼저 낸 『김치바게트』는 제외한다.) 이번 책은 핵가족인 우리 집의 마지막 구성원인 정슬기에게 전한다.

나는 지금도 책을 펼치면 서문은 그냥 넘긴다.
대신 내용을 다 읽고 나서 작가의 말로 돌아간다.
그러면 내가 책을 읽으며 머릿속에 담은 내용들이
갑자기 풍부해지고, 보이지 않던 것들이 보인다.
모르고 읽었을 때의 기쁨, 그리고 알고 읽었을 때의
즐거움을 모두 느끼게 된다.

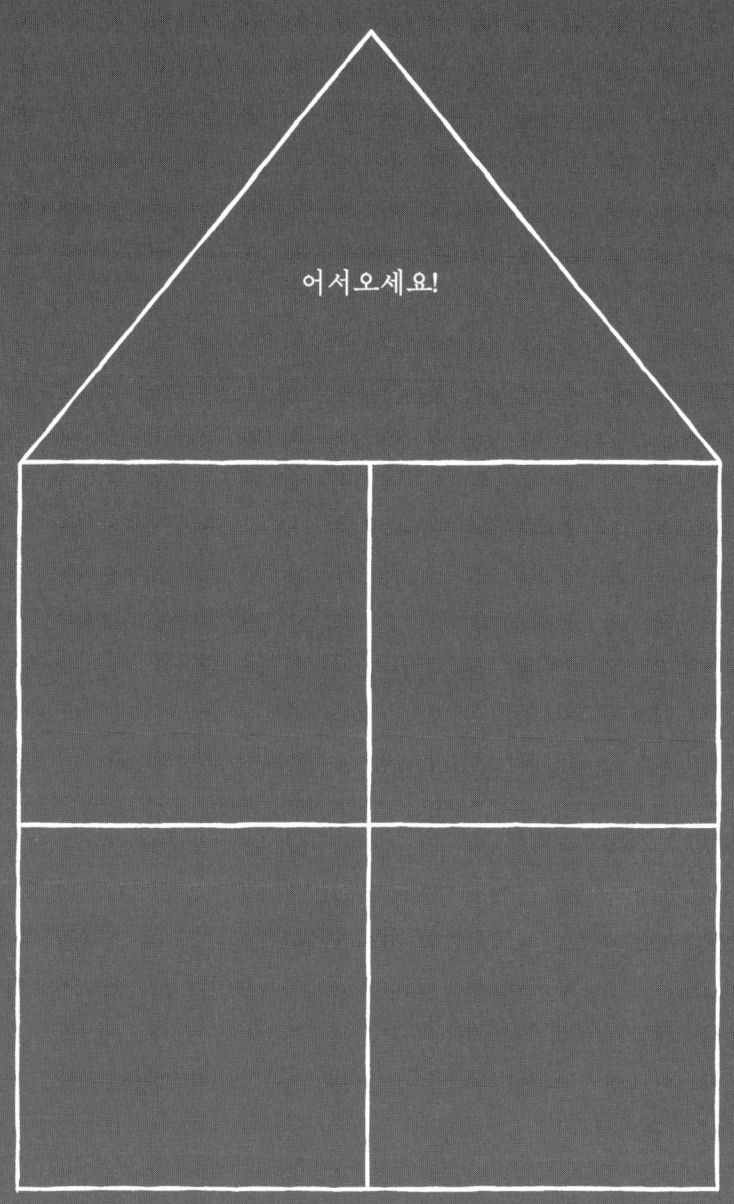

어서오세요!

【 단어 】

– 사전적 의미와는 별개로,

나에게 이 단어는 특별하게 다가와.

너는 어떤 의미로 쓰는지 모르겠지만,

우리 둘이 느끼는 무게감이 다른 것 같다.

– 그러면 이제부터 우리만의 사전을 만들면 되겠네.

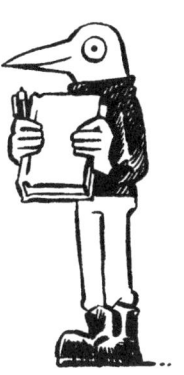

【 집 】

10년 전쯤 친구가 자기가 머무는 곳을 숙소라고 불렀다. 혼자 다 쓰는 아파트였는데, 당시 공용 기숙사에 살던 나는 친구의 공간을 집이라고 생각했다. 친구는 이 숙소는 자신이 평생 살 곳이 아니고, 자신에게 집은 자신의 부모님이 살고 있는 곳이라고 말했다.

나는 지금 프랑스에 있다. 지금은 집의 형태를 지닌 한 원룸에서 7년 정도 살고 있다. 그동안 이사를 너무 많이 해서 이제는 최대한 이곳에서 오래 살고 싶다. 월세와 난방도 마음에 든다.

한국 부모님의 집에는 여전히 내 방이 있지만 지난 10년 동안 내가 그곳에 머문 시간은 1년도 채 되지 않는다.

한번은 한국에 두 달 정도 있었는데, 아빠가 슬슬 나랑 낯을 안 가리기 시작했을 무렵, 엄마가 내게 "이제 슬슬 네 집으로 돌아갈 때가 됐구나."라고 말했다.

나에게 집은 지금 내가 머물고 있는 주소지다.

집이란, 딱히 떠날 생각이 들지 않는 곳이다.

【 집들이 】

(평소) 공간에서 (평소) 음식을 (평소) 접시에 내와서 보내는 (평소) 행사.

---

*텍스트 변경: 평소 → 특별한

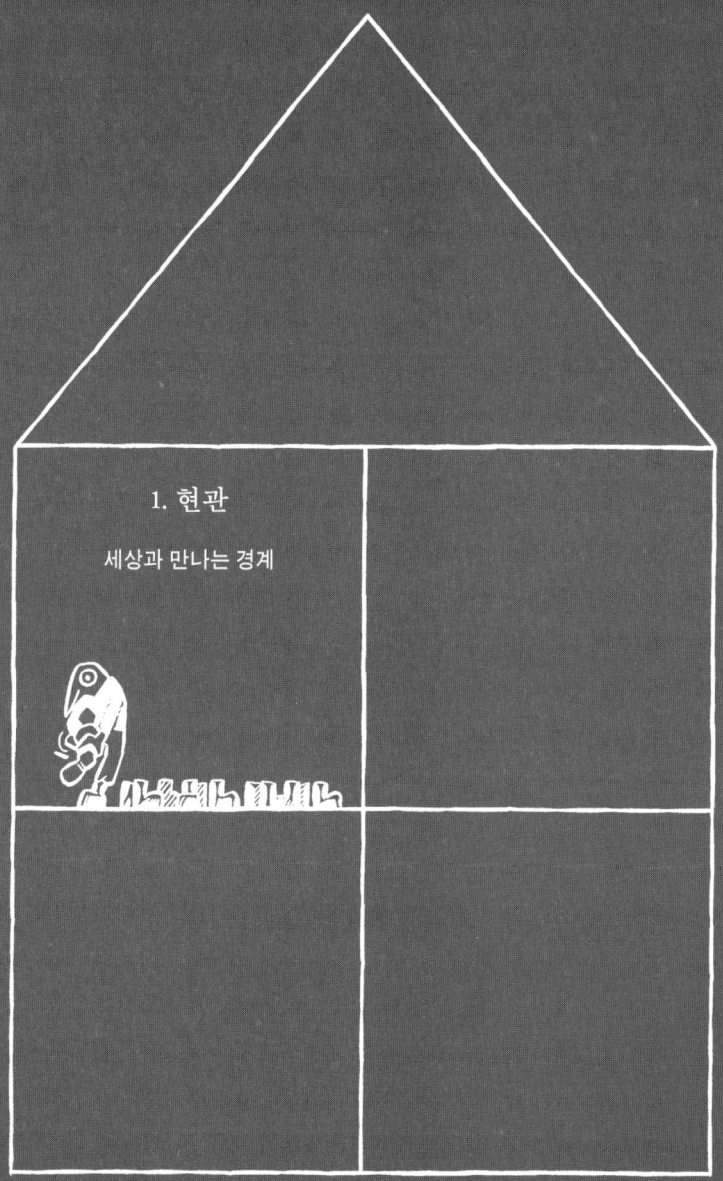

1. 현관

세상과 만나는 경계

【 공포스럽다 】

내가 무서워하는 몇 가지들, 몇 가지 상황들.
그리고 무엇보다 그걸 이용하는 사람들.

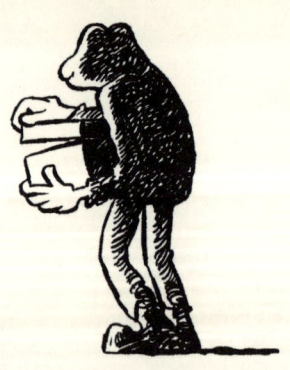

【다르다】

기준이 누군지.

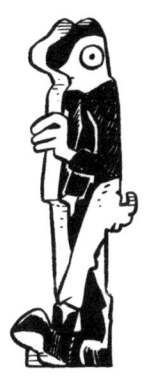

【달리다】

다리를 뻗고 땅에 발을 디뎌 세상을 굴리려니,
당연히 힘이 든다.

【 때 】

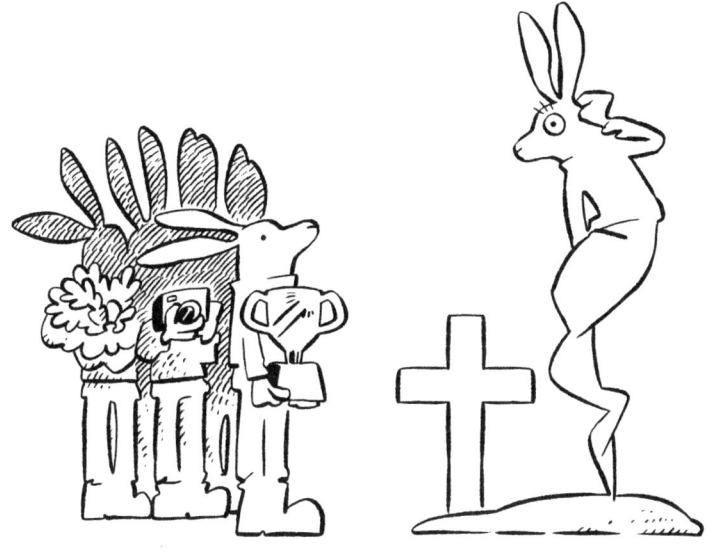

진작 왔으면 좋았을 텐데.
이젠 기뻐할 기력도 없네.

【 랑데뷰 】

내게 랑데뷰는 종로에 있는 부티크나 치킨 도리아 같은 음식을 파는 레스토랑 카페 이름처럼 들린다. 가요 가사에도 자주 나오는 단어라 무척 귀여운 느낌이 든다.

이대로 이 낭만을 가지고 있었으면 좋으련만, 프랑스에서 쓰는 랑데뷰는 발음부터 차이가 크다. 불어에서는 R을 가래침을 뱉듯 'ㅎ-'로 발음해야 한다. 혀 뒤쪽과 코 안쪽 사이 공간에 바람을 잔뜩 넣고는 공기를 굴려가며 '흐엉데부'라고 발음한다.

프랑스는 헝데부를 잡지 않으면 아무도 만나주지 않는데, 클라이언트와의 미팅뿐만 아니라 은행, 관공서, 병원, 미용실도 그렇다.

같은 단어인데 랑데뷰와 헝데부는 이렇게 다르다.

---

* Rendez-vous: (프랑스어) 만남, 예약, 약속.

【 목적 】

목적이 달라서 문제인 줄 알았는데,
애초에 넌 목적이 없어서 문제였다.

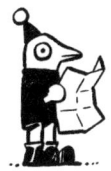 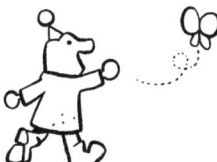

【 무례하다 】

아무리 시뮬레이션을 돌려도, 내가 예상한 범주를 넘어선 무례함을 마주치면 순간 얼어붙고 만다. 세상에 이런 일이 있다니 황당하고 당황스러운데, 그 기세는 또 굉장하다.

'싫어요'라고 말하기, 자리 피하기를 더 연습해야 한다.

【 산책 】

명상. 다리를 움직이며.

【 신발 】

신발이 마음에 들 만큼 발에 익을 때쯤이면, 이미 밑창이 다 닳아 있었다.

몇 년 전, 친구가 신발은 소모품이라고 말해줬다. 내가 좋아하는 것에 사용 기간이 정해져 있다는 사실을 아는 건 정말 괴로운 일이다. 더 이상 기능적으로 사용할 수도 없고, 이 신을 신으면 행색이 추레해지지만 아직도 버릴 수가 없다.

【 안부 】

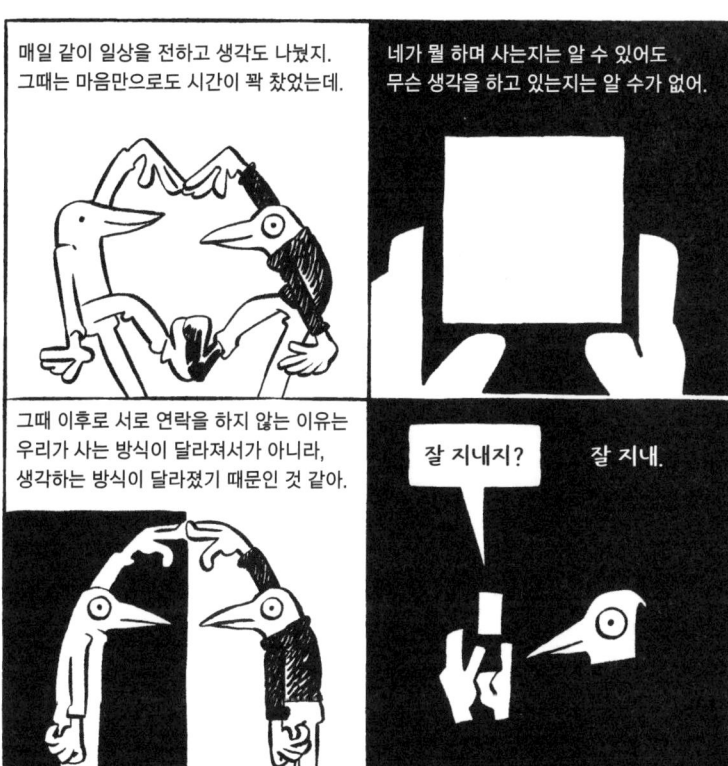

매일 같이 일상을 전하고 생각도 나눴지.
그때는 마음만으로도 시간이 꽉 찼었는데.

네가 뭘 하며 사는지는 알 수 있어도
무슨 생각을 하고 있는지는 알 수가 없어.

그때 이후로 서로 연락을 하지 않는 이유는
우리가 사는 방식이 달라져서가 아니라,
생각하는 방식이 달라졌기 때문인 것 같아.

잘 지내지?

잘 지내.

【 여행 】

여행가와 다니면 그 마음이 옮는다.
내게 익숙한 것들이 갑자기 낯설어진다.
여행의 조건은 장소를 바꾸는 것도 있겠지만,
마음을 바꾸는 것도 있겠다.

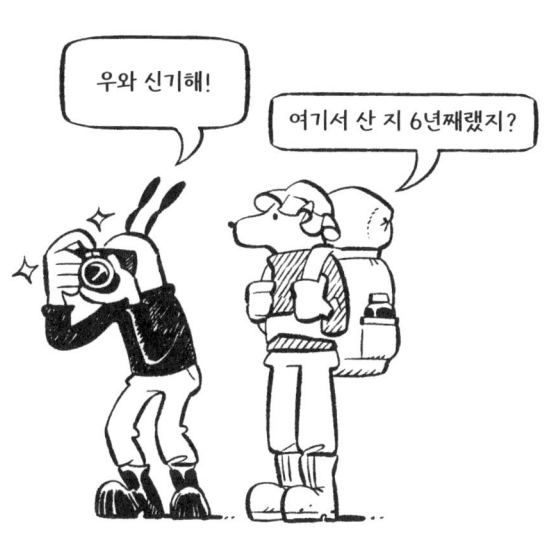

【 영감 】

늘 대문 열어놓고 기다리는데
예고도 없이 오니 퍽 곤란하다.

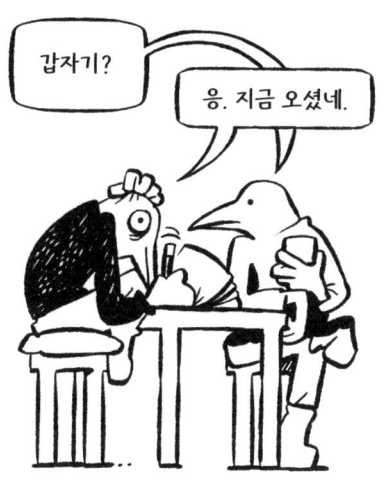

【 조심 】

가만히 있는 건 조심한대도, 움직이는 건 어떡하나.
누가 막히는지, 누가 가두는지, 어디에 서 있는지.
조심해야지.
아무리 숨겨도 눈은 못 숨긴다.

【 책임 】

내가 다 짊어지는 것만이 책임이 아니라,
책임지지 못한 것에서 도망치지 않는 것까지가 책임이다.

【초인종】

내(內) 안정과 평화를 깨부수는 소리.

【 출신 】

어쨌든 나는 프랑스에서는 외국인이라, 어느 나라 출신이냐는 말을 거의 첫 번째로 듣는다. 국적과 외형의 상관관계가 점점 희미해져 가니, 상대방이 먼저 출신을 말해주지 않는 이상 어디서 왔냐는 질문은 불쾌하게 받아들여질 위험이 있다.

내일모레 이방인 20년차. 지금까지의 경험 및 실험으로 봤을 때 가장 좋은 질문은 내가 발 딛고 있는 마을의 주민이냐고 물어보는 것이다. 참고로 나는 한국 여권을 가지고 있는 앙구무아진(앙굴렘 주민)이다.

본 실험은 계속해서 진행될 예정이다.

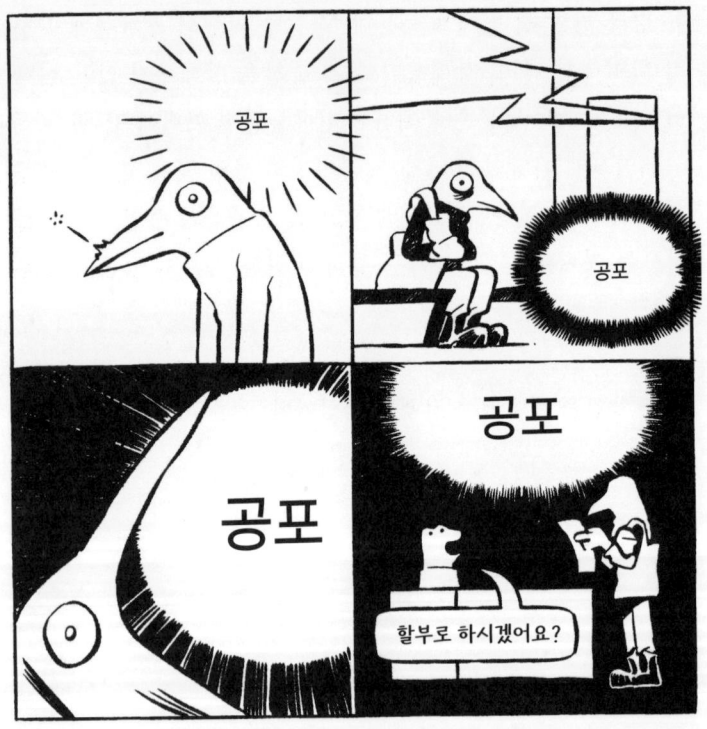

【틀】

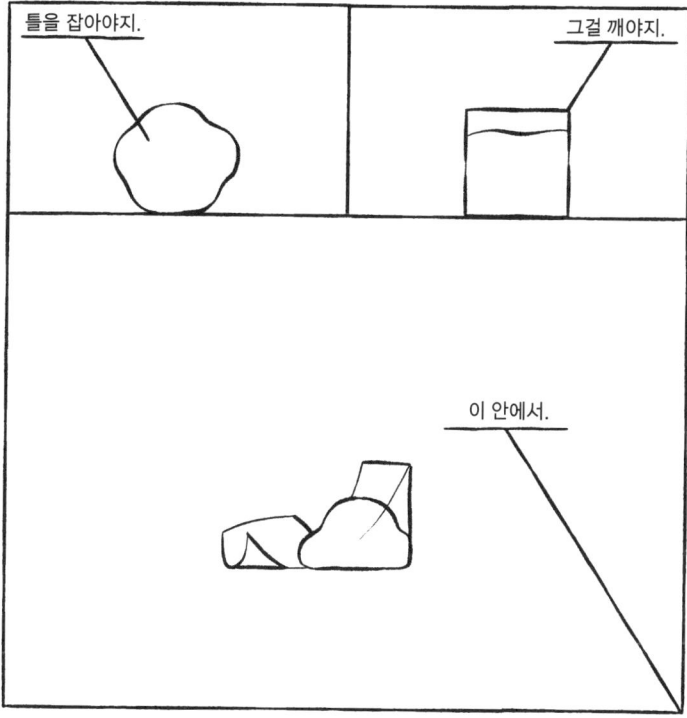

【 편지 】

편지들을 모아 놓으니
나만을 위해 쓰인 앤솔러지 같다.

【프랑스】

나는 지금 프랑스에서 살고 있다.

인도에서 지낸 8년 동안 '미국이나 호주를 가라! 예술이라면 유럽으로!'라는 말을 질리도록 들었다. 심지어는 미용실에서도! 묘한 반발심이 들어 '이럴 거면 직접 가서 제대로 판단해 주지!' 하며 유럽행을 결정했다. 프랑스는 '예술의 나라'라는 인식 때문에 일부러 처음에 배제했으나, 결국 이곳에서 살게 된 지 곧 10년이 된다.

종종 파리는 어떠냐는 안부 인사를 듣는다. 한국에 계신 부모님도 파리에 간 딸내미는 잘 지내냐는 인사를 받는다. 나는 단 한 번도 파리에서 살아본 적이 없는데. 하긴, 나도 한국에 가봤다는 외국인을 보면 '서울'부터 먼저 나온다. 파리 안부를 들을 때마다 머릿속에서 '히히 땡! 정답이 아닙니다!'라고 외치는데, 놀리고 싶은 마음을 꾹 참아야 한다.

프랑스는 늘 '자유, 평등, 박애'를 외치고 여기저기 써놓는다. 아마 원하는 것, 부족한 것, 더 필요한 것이라 그런 걸까?

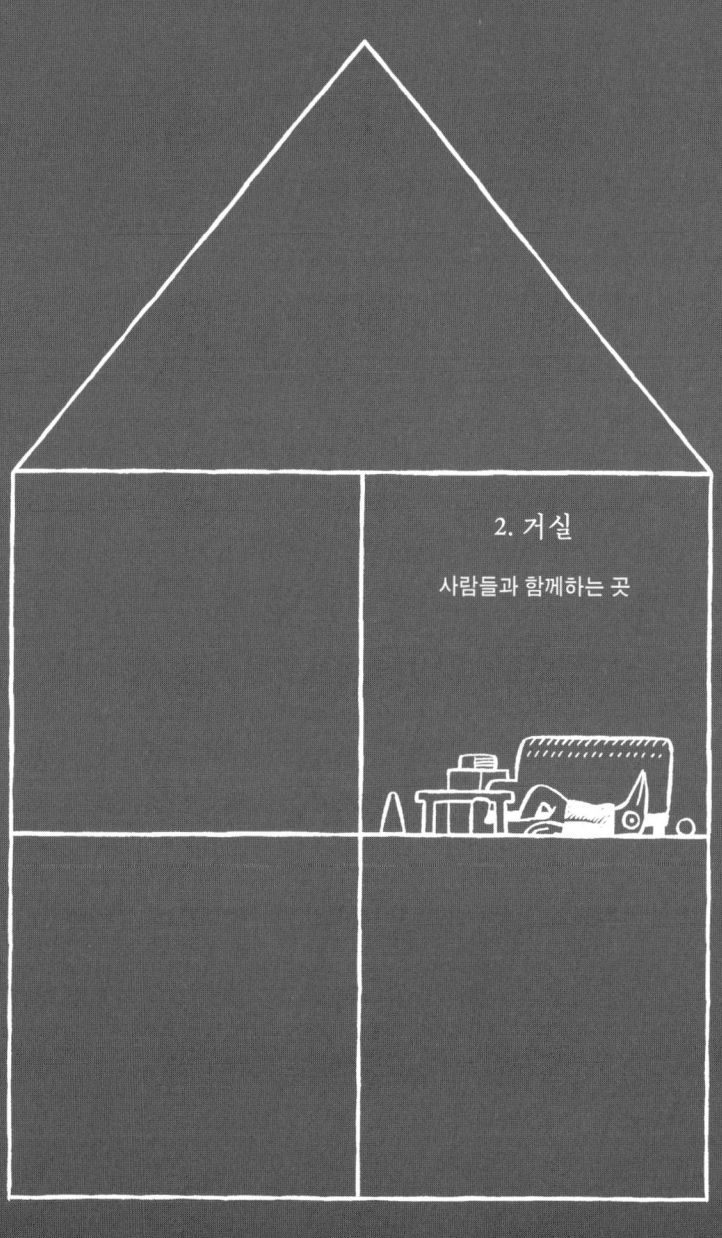

2. 거실

사람들과 함께하는 곳

【 가족 】

내가 선택하지는 않은 사람,
선택한 사람,
선택하지 않은 사람.

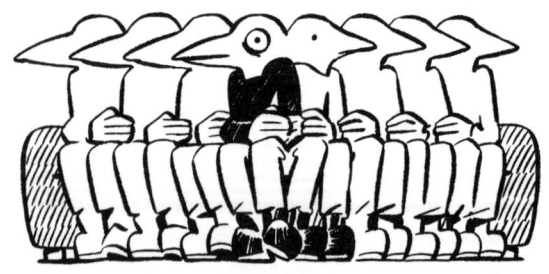

【 감사 】

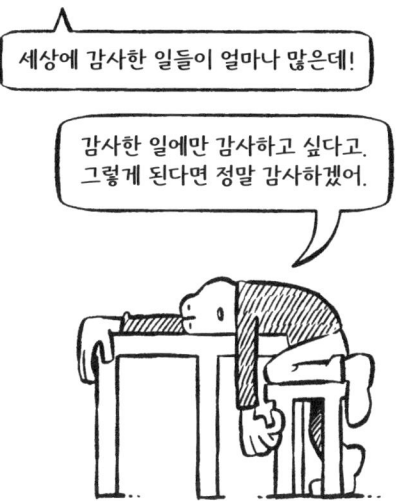

【 나이 】

나이가 더 많네, 나이가 더 적네.
비교급으로 가니 영원히 안 좁혀지네.

【 너 】

'너'라고 부를 수 있는 사람들이 현저히 줄었다. 지금은 누구 님, 누구 씨라고 부르는 사람들 훨씬 많다. 가까운 친구 사이여 도 '너'라고 단독적으로 쓰자면 차가운 느낌이 들어서, 아예 생 략하고 이름을 부른다거나, '너' 앞에 이름을 붙이게 된다.

　– 누구야, 너는 어떤 게 좋으니?

프랑스어는 대화할 때 반드시 주어를 붙여야 해서 '너'라는 말을 꼭 해야 했다.

처음 만났을 때는 격식 있는 'vous'라는 단어를 쓰지만, 대화 를 많이 하다 보면 보다 편안한 주어인 'tu'로 넘어가게 된다. 호 칭은 마음의 벽 두께 같은 것이라서, 반드시 나이 차이로 정해 지는 것이 아니다.

나에게는 선생님 같은 분이 본인을 'tu'라고 불러달라고 하시 면, 나는 그게 꼭 상대를 '너'라고 하는 것 같고 스스로가 안하 무인으로 느껴진다.

로마에서는 로마법을 따라야 한다는 것처럼, 프랑스에 사니 까 나도 이곳의 규칙을 따라야겠지만 정말 차라리 아무도 안 부르고 싶다.

【 대사 】

잊히지 않는 말들이 있다.
글만 놓고 보면 별거 아닌데.

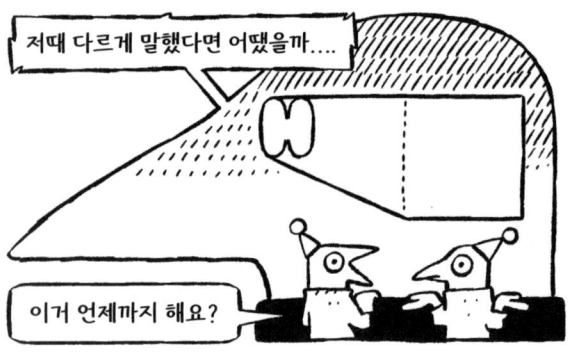

【 대화 】

나눌수록 커지지만,
나누지 않으면 나아갈 수 없는 것.

【 동반 】

혼자서도 갈 수 있는 너와 내가 만나,
비슷한 속도로 가는 것.

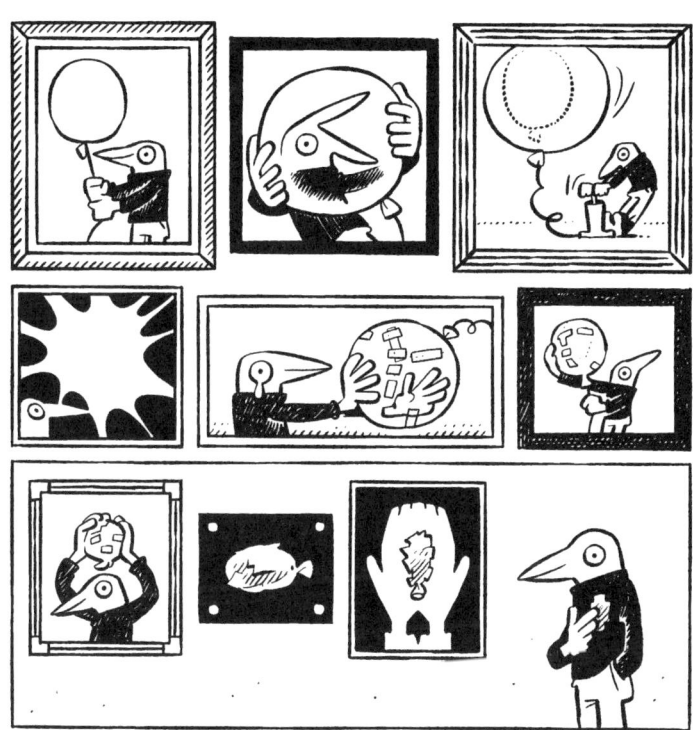

【 말 】

말을 안 하면 기회를 놓치고,
너무 하면 실수가 는다.
하는 연습을 해왔지만,
지금은 안 하는 연습을 한다.

【 반려 】

서로라고 생각하게 해주는 이.

【보다】

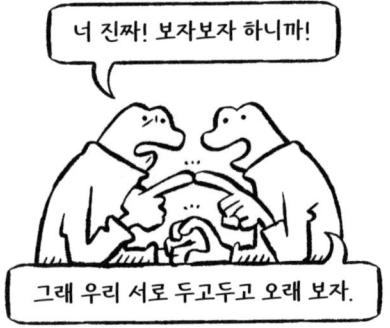

【 보호자 】

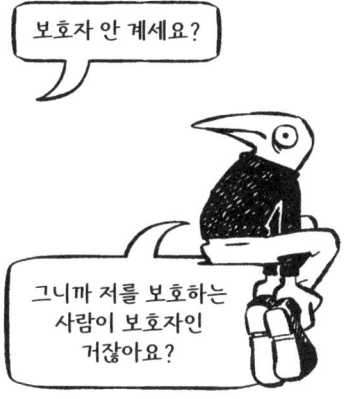

【사람】

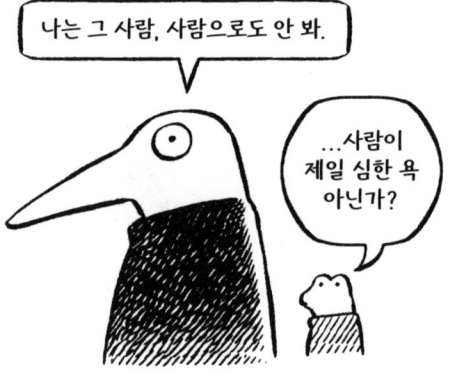

【 사랑 】

내가 너를 얼마나 참아주는가.

【 소파 】

자야만 하는 것도, 일해야만 하는 것도 아니지만
무엇이든 할 수 있는 곳.
하지 말아야 하는 것은 있지만
꼭 해야만 하는 것은 없는 곳.
오히려 사용 용도에서 벗어났을 때 가장 안락하며
그냥 이대로도 충분하다.

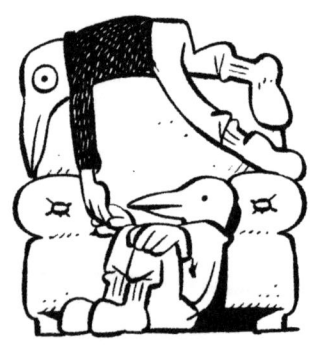

【 안정적이다 】

육십 넘은 내 부모님도 아직 불안정하니, 삶의 안정을 벌써부터 바라는 건 이미 포기했다. 백 살 훌쩍 넘었던 할머니는 돌아가실 때까지 불안정한 모습을 보인 적이 없었던 것 같은데, 이를 지탱해 준 건 옆에 있는 가족들 목에 걸린 목줄이었다.

【 역할 】

내가 속한 여러 집단에서 나는 각각 다른 역할을 맡고 있다.
여기선 감정 과잉 인간이지만,
저기선 차가운 양철 심장.
이쪽에서는 아플 때만 입을 다무는 사람,
그쪽에서는 신중하고 말이 없는 사람.
이 모두가 나인 걸 나는 아는데,
남들은 받아들이기 힘든가 보다.

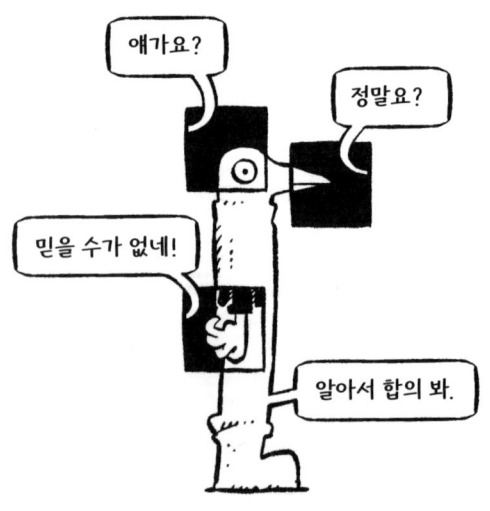

【이름1】

다른 것들과 구별되기 위해 대상에게 특별히 부여된 단어.

'어떻게 불리느냐, 어떻게 불리고 싶냐'라는 질문을 받아도, 내게 익숙한 방식과 원하는 방법으로 불리지 못할 때가 많다.

그 유명한 영화배우 티모시 샬라메도 미국 프로그램에서 말하기를 네가 원하는 대로 자신의 이름을 부르라고 하는데. 어딜 가나 자신의 이름을 그대로 불릴 수 있는 세상은 어떨까.

---

* Timothée = 티모테 라고 발음한다.

【이름2】

내 이름은 슬기. 슬기로운 사람이라는 뜻이 아니라, 슬기로 워지라는 뜻에서 주어진 이름이다. 슬기의 정도가 정체되지 않고, 끊임없이 더 슬기로워지라는 의미다. 그래서 그런지 나는 정말 매순간 조금씩 더 슬기로워지고 있다. 처음에 바닥 밑에 서부터 시작한 것과는 별개로 말이다.

【 책 】

책은 읽는 것만큼이나, 보기도 좋다.

책을 크기로 분류하자면 : 손가락 세 개로 들 수 있다, 한손 안에 들어온다, 책등을 잡고 들어야 한다, 무릎에 올려놓기 좋다, 들고 다닐 수 없다.

내지는 빤딱빤딱, 부들부들, 포슬포슬, 맨질맨질.
책표지는 우들두들, 맨질맨질, 소소붓, 빼끈빼끈, 삐뜬삐뜬.
내지의 종류나 표지의 형태에 따라 책은 반듯하기도, 땐땐하기도, 고양이처럼 흘렁거리기도 한다. 책의 잘린 배면도 중요한데, 사라락 넘길 때의 느낌이나 읽는 동안 검지로 쓸어내릴 때의 촉감이 좋으면 책을 읽는 내내 행복해진다. 그 외에도 냄새, 종이에 잉크가 스며든 정도 등등을 따져본다.
나에게 잘 맞는 무게, 재질, 형태를 갖춘 책을 반려책이라고 부르는데, 이런 책을 발견하면 어떤 언어든 간에 당장 안고 데려오는 것이 좋다.

【취미】

무엇이든 할 수 있고,
무엇이든 아무것도 아니게 만든다.

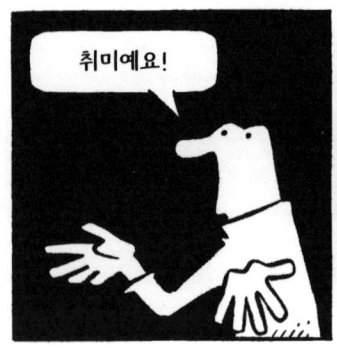
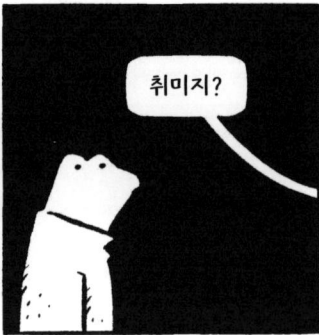

【 타인 】

타인을 통해 볼 때 나는 더 선명해진다.

【텔레비전】

내가 사라진 자리에 남겨진 침묵만이
나의 존재를 증명해 주겠지.

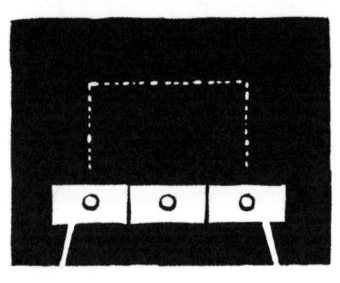

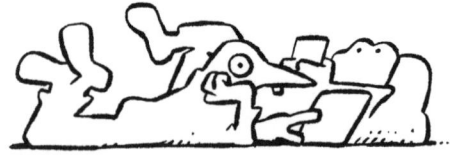

【 팀 】

손끝을 겨누기보다 손바닥이 닿기를 원했는데.

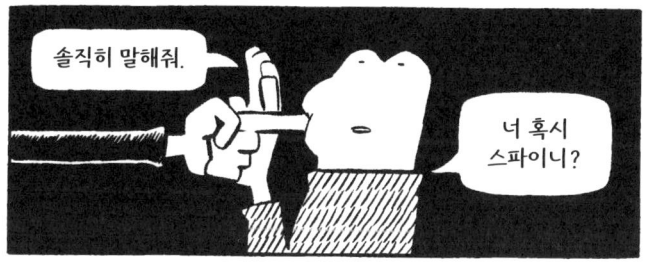

【 평등 】

가져본 적 없으니 알 리가 없다.
지금은 이상 속의 상상만을 이야기하는데,
제대로 설명하기 위해 한번 가져보고 싶다.

【 평소 】

평소 뒤에는 늘 꾸준함이 있었다.
견고하게 쌓아올린 것들은
내가 다시 돌아갈 수 있는 지표가 되어준다.

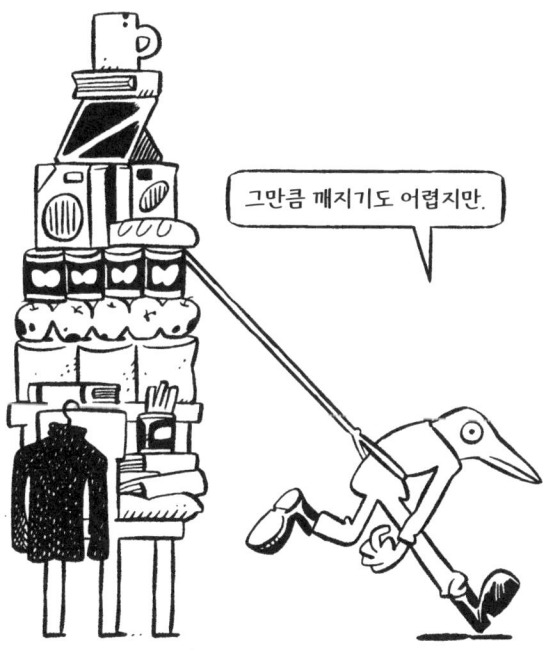

【 평화롭다 】

아무것도 없다.
근심도 걱정도.
정말 너무 아무것도 없다.

【행복】

갑자기 찰나에.

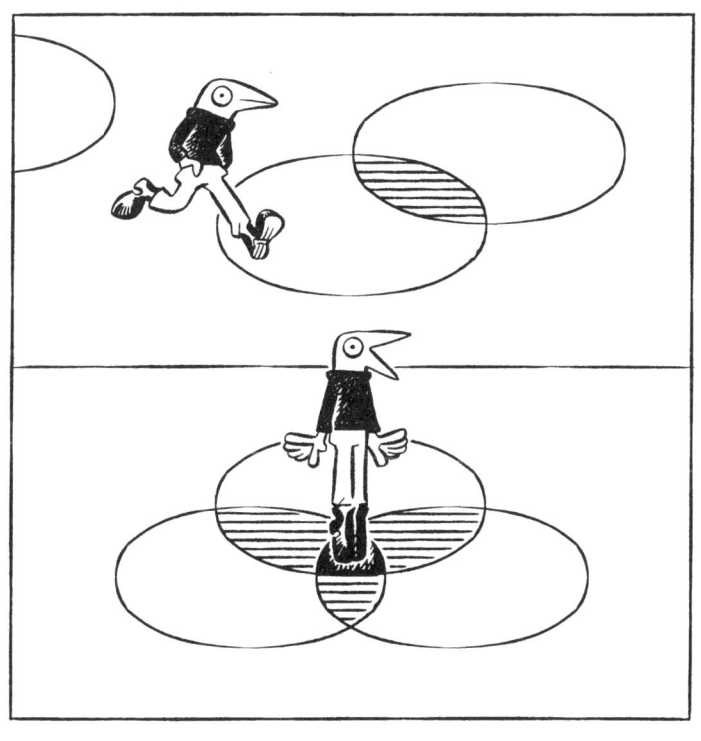

【협의】

협박이 아니잖아요.

【 효도 】

우리 부모님이 제발 나한테 효도 좀 했으면 좋겠다. 자식이 부모에게 잘해야 한다는 단어와 표현은 이리 많은데, 부모가 자식을 잘 돌봐야 한다는 대표적인 말이 떠오르지 않는다. 효도는 부모들이 만든 말인 게 분명하다. 나는 나름 잘 살고, 잘 먹고, 잘 지낸다. 얼마나 훌륭한 자식인가. 그러니까 우리 부모님도 나름 잘 살고, 잘 먹고, 잘 지내고, 아프지 않았으면 좋겠다. 제발 내가 걱정 안 할 수 있게 효도 좀 했으면.

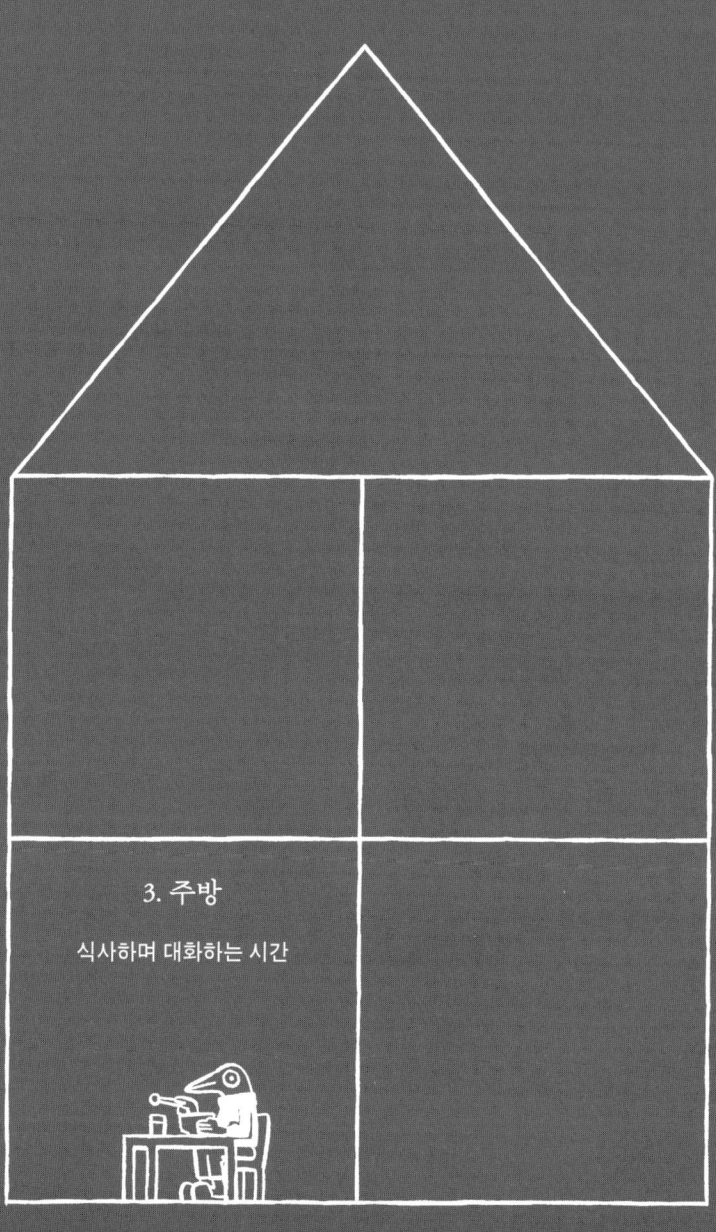

3. 주방

식사하며 대화하는 시간

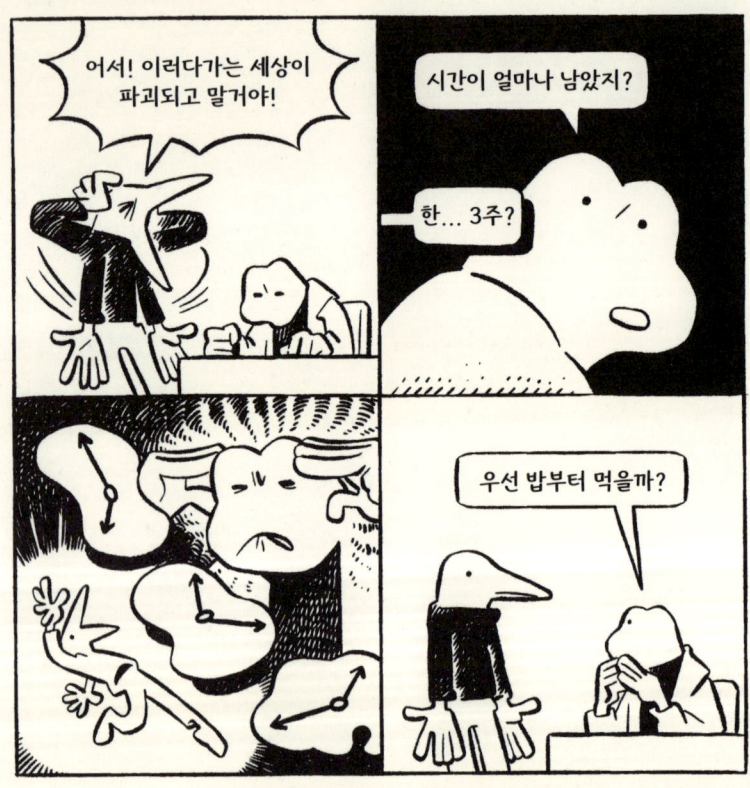

【 그릇 】

　사람들은 각자의 그릇이 있다고 한다. 내겐 작은 반죽이 있었고, 살아가며 그걸로 그릇을 빚었다.

　얼마 전에 큰일이 있었다. 잘 해결하면 분명 나의 그릇이 커지는 일이었다. 반죽은 더 없으니, 있는 걸 잘 늘려야 했다.

　잡혀 있는 형태를 꾹꾹 눌러 찌그러트렸고, 살짝 말라 있던 겉 표면은 갈라지고 와작와작 깨졌다. 흔들리는 균형을 잡고, 찢어진 곳을 메웠다. 너무 아프고, 힘들고, 눈물도 한 방울 났다.

　그릇이 커지기는 했다.

　이제 다시 조금 단단해져야지.

【 김치 】

당연하지 않게 되고 나서야,
내가 얼마나 좋아하고 있었는지를 알게 되었다.

【 냉장고 】

어떤 것이 들어가고
어떤 것이 있고
어떤 것이 어떻게 나가고 있는지를 보면
내가 요즘 어떻게 살고 있는지를 알 수 있다.

【 떫다 】

유치원 때는 떫은맛을 어떻게 표현해야 할지 몰랐다.
엄마는 내가 반찬 투정을 하는 줄 알았겠지만,
그때 나는 맛이 없다*고만 표현할 줄 알았다.
지금 나는 그 떫다는 게 뭔지 아주 잘 아는 어른이 됐다.

---

* 존재하지 않다.

【 맛 】

맛이 있고 없고의 문제가 아니야.
셔야 하는 건 달고,
달아야 하는 건 써.
써야 하는 건 맵고,
매워야 하는 건 셔.

맛이 있긴 한 거네.

【 메시지 】

겉과 속이 다른 메시지가 있다.
알고 넣는 이도 있고, 알고도 모르는 척하는 이도 있고.
그 의도와 의미를 찾는 데만 품이 너무 많이 들어서
그냥 있는 그대로만 받아들이기로 했다.

【시다】

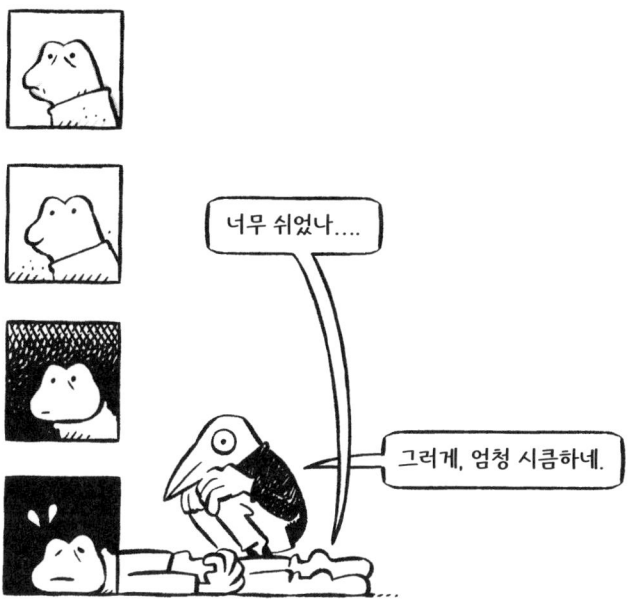

【식탁】

식사를 하기 위한 탁자. 시장에서 사온 과일이나 집어먹을 과자를 두기도 한다. 손님과 주스나 차 같은 음료를 나누기도 하고, 간단한 숙제를 할 수도 있다. 책상에서 하던 일을 식탁에서 하면 카페에 온 기분을 느낄 수 있다.

【 요리 】

제게 요리는 세 가지로 분류되는데요,
– 삼킬 수 있는
– 먹을 수 있는
– 먹일 수 있는
으로 나뉩니다.

첫 번째와 두 번째는 요리보다는 조리의 방식을 택합니다.
익혀야만 하는 것은 익히고, 간을 하고 넘깁니다.
위생과 모양은 나의 기준만 통과하면 됩니다.

세 번째 경우에는 다른 사람이 등장하는데요,
기본적인 맛과 위생이 보장되어야 하는 것은 물론이고,
요리의 완성도 및 모양새, 접시의 미감까지 신경 써야 합니다.

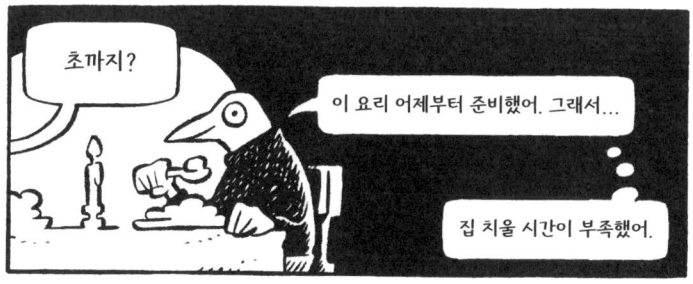

【 원하다 】

원하는 것과 필요한 것이 일치한다면.

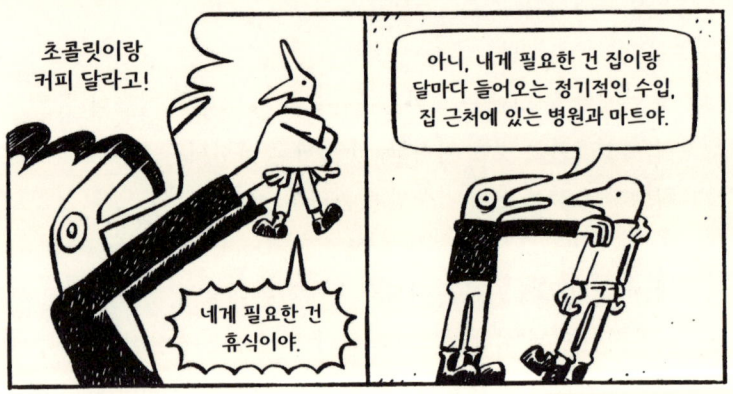

【위로1】

위로하는 법을 많이 알아봤지만,
사람마다 다르고 상황마다 달라서
적절한 방법을 찾기가 어렵다.
내가 좋다고 생각해서 준 것이
상대에게 꼭 맞으리라는 법이 없었고,
누군가에겐 최고의 위로가 내겐 최악이었을 때도 있었다.
하는 법만큼, 이제는 받는 법에 대해서도 생각해 본다.

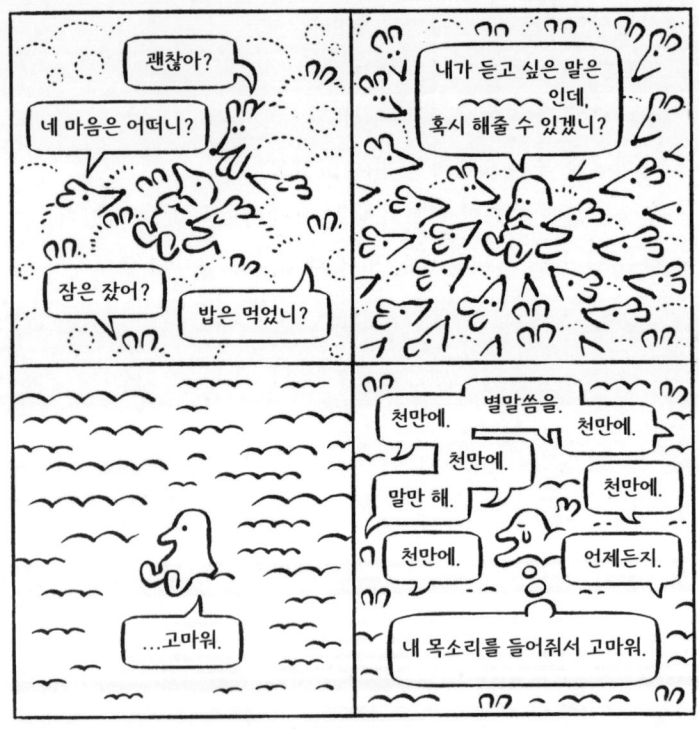

【 입 】

먹일 입이 늘수록 내 입이 작아진다.

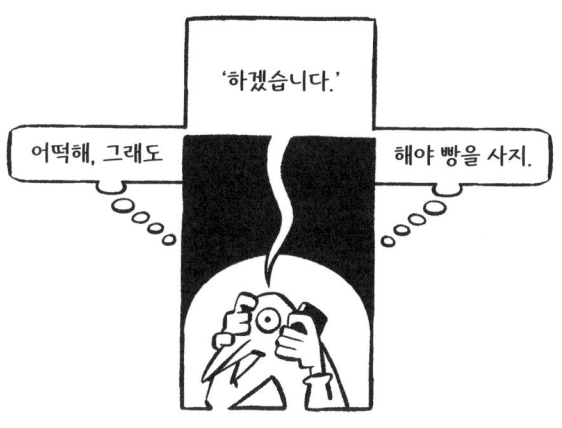

【케이크】

특별한 날에는 반드시 케이크를 먹어야 한다. 기념할 만한 일은 제대로 축하하는 것이 중요하다. 케이크를 무조건 제과점에서 살 필요는 없다. 눈앞에 있는 모든 것이 케이크가 될 수 있다. 삶은 계란 케이크, 감자 케이크, 호두과자 케이크. 초를 꽂을 수 있다면 그게 무엇이든 간에 축하의 마음을 담아, 응원의 마음을 담아 소원을 빈다. 그리고 촛불을 끄고 맛있게 먹는다.

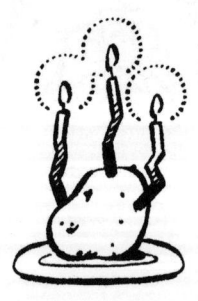

【튀김】

내가 했을 때, 남이 해줬을 때의 맛 차이가 큰 음식 중 하나.

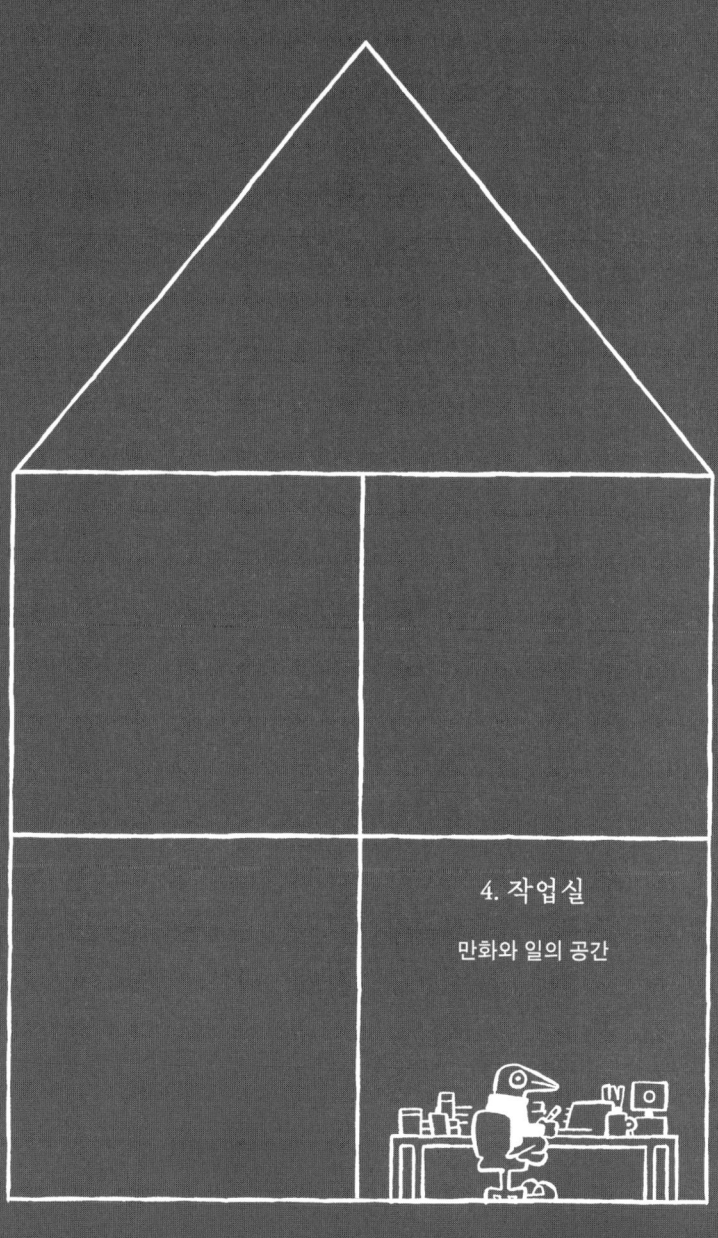

4. 작업실

만화와 일의 공간

【 계약서 】

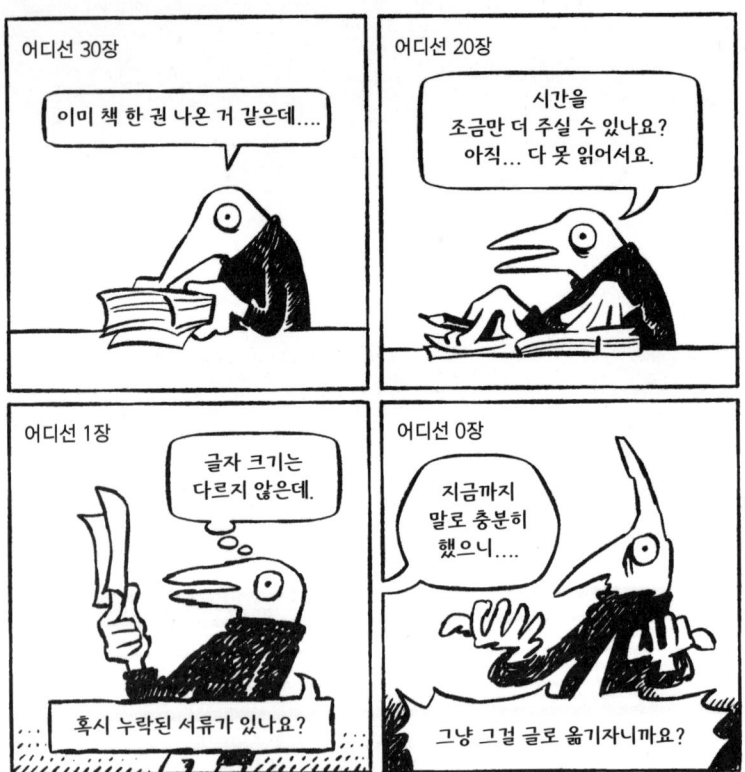

【 교훈 】

(1) ~를 통해서, 저도 저런 사람이 되겠다고 생각했습니다.
(2) ~를 통해서, 나는 저러지 말아야지를 배웠습니다.

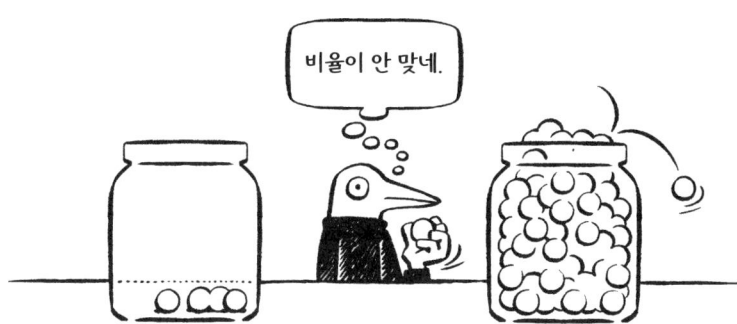

【낙서】

자신의 자리에 앉지 않은 작품.

【 노력 】

말로 설명하면 할수록 없어 보이는 것.

【 다시 】

다시 하는 건 당연한 거지.
어떻게 한 번에 좋은 게 나오겠어.

【 돈 】

최고로 잘할 수 있는데, 받은 만큼 하자니….

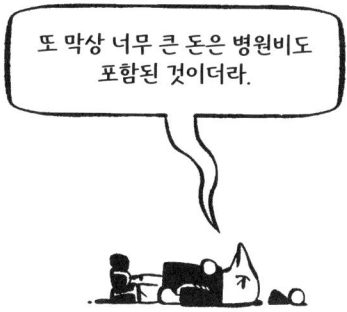

【 마감 】

☑ 내가 생각한 마감 ☑ 진짜 마감

☑ 최종 마감 ☑ 더 이상은 안 돼

나는 내가 마감을 잘하는 사람인 줄로만 알았다. 분명 여태까지는 마감 날짜보다 며칠은 더 일찍 작업물을 보냈으니까. 이전의 나는 그저 일이 많지 않은 사람일 뿐이었을지도 모른다. 처음으로 마감을 지킬 수 없을 것 같았던 날, 한 달 전부터 가족회의를 했다. 계약금을 모두 돌려줘야지. 그리고 나는 두 번 다시 이 출판사와 일을 할 수 없을 거야… 나는 신뢰를 잃었고, 불성실한 작가로 남겠지…

어떤 일들은 정말 물리적으로 시간이 부족했다. 하지만 손이 빠른 것으로는 자신 있었다. 일상과 개인위생을 약간만 뭉그러트리면 마감을 잘 맞출 수 있었다. 요령인지 실력인지, 시간이 지날수록, 시간이 부족할수록, 정말 손은 빨라졌다. 머리는 점점 굳어갔지만.

나는 일본 만화나 애니메이션에서 소위 말하는 작가 '선생'들이 마감을 지키지 못해, 편집자가 작가들을 직접 찾아 가 어서 원고를 달라고 하는 장면을 많이 봤다. 볼 때마다 생각했다. 말도 안 된다. 아무리 대단한 작가여도, 그렇게 불성실하게 일하다가는 일이 끊기고 말 것이다. 어쩌면 이 일이 그들의 마지막 일일지도 모른다.

한번은 편집자에게 물어본 적이 있다. 작가가 마감을 늦으면 어떻게 되나요? 편집자는 미리 연락을 주는 것이 좋다고 답했다. '그래. 도망치지 말자'라고 머릿속에서 정답을 만들었다. 정해진 마감을 지킬 수 없다는 말을 전해야 한다. 도망치면 안 된다. 마감을 지킬 수 없다는 메일을 쓰는 것에서 도망치면 안 된다.

시간은 흐르고 있고, 편집자의 출근 시간이 다가오고 있다. 한국과 프랑스의 시차는 여덟 시간. 원고를 하는 동안에도 틈틈이 시계를 보면서, 한국 시간을 계산한다. '왜 미리하지 못했지?'라는 말로 나를 쪼아도, 쪼아진 상태로 일을 계속해야 한다. 스스로에게 불쌍한 척을 해봐도, 그동안 책상 앞에 앉지 않았던 시간들을 세어보면 그렇게 뻔뻔할 수가 없다.

마감이 끝났을 때를 상상해 보라고 친구가 말했다. 후련하지 않겠느냐고. 하지만 후련함이나 기쁨을 느낄 수 있는 타이밍이 언제인지 모르겠다. 마지막 원고를 보내도 1차 마감이 끝났을 뿐. 편집자가 검토하고, 몇 번의 수정을 더 거칠 것이다. 나의 손을 완전히 떠나도, 이 원고는 다른 전문가의 손을 거쳐 또 다른 마감들을 지날 것이다. 몇 개월 뒤에 내 손에 결과물이 나올 때 즈음, 아마 그때서야 나는 마침내, 감사합니다, 진정한 마감을 할 수 있게 되겠지.

【 만화 】

만화 학교에 들어가고 얼마 안 되어서, 재밌는 말을 들었다. 만화 교수님들 앞에서 '만화란 무엇인가?'라는 질문을 던지면, 한 교수님이 그에 대한 정의를 말하고, 두 번째 교수님이 반문하고, 그러다가 많은 교수님들이 모여서 그 토론은 끝나지 않을 거라고.

만화, 망가, 방데시네, 코믹스, 그래픽 노블. 거기에 웹툰, 웹코믹스, 노블 그래픽, 인스타툰 등등… 누구는 어떤 작품을 두고 '이게 만화지'라고 말하고, 누구는 '이건 만화가 아니야'라고 말한다. 만화를 그리는 나에게 만화가 뭐냐는 질문은 마치 드라마에서 "사랑이 뭔데!" 하는 것처럼 들린다.

만화가 나에게 사랑과 같다는 뜻은 아니고…. 사랑은 그냥 사랑이고, 누구에게 어떻게 말하느냐에 따라 달라지듯, 만화도 그렇다.

【 말풍선 】

채우는 것만큼 어디에 담는지도 중요하다.

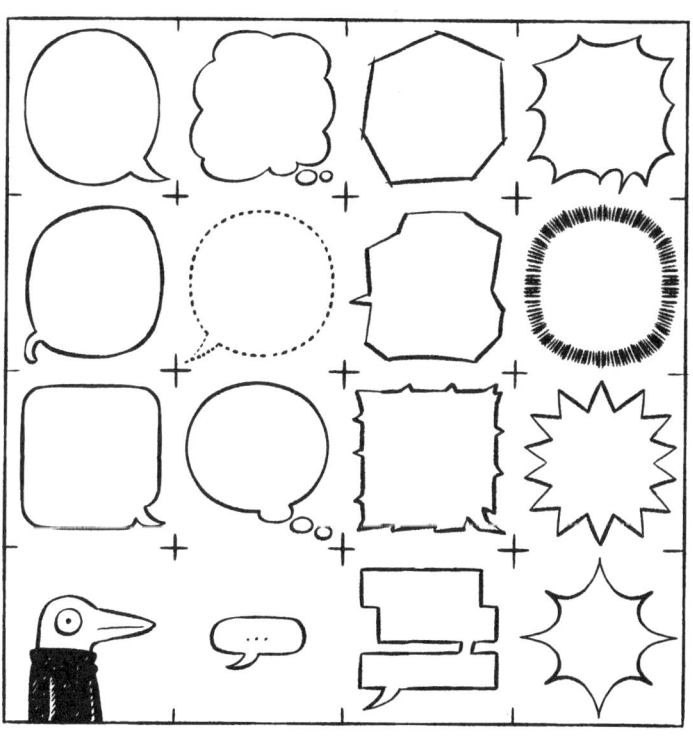

【 밤 】

밤에는 일이 잘된다. 고요하고 적막해서일 뿐만 아니라 빛의 농도도 일정하기 때문이다. 낮에는 해가 뜨고 지면서 색이 크게 변한다. 요일마다 사람들의 소리도 다르다. 밤에 켠 조명은 저녁 8시에나 새벽 5시에나 큰 차이가 없어서, 마치 시간이 멈춰 있는 것 같다. 틀어놨던 영화를 다섯 번쯤 반복하고 커피도 여러 잔 마시다 보면 손이 조금씩 부어오르는데, 그때쯤이면 조금씩 밖에서 새소리가 나기 시작하고, 하늘도 푸르스름해진다.

시간이 흐르는 것을 인식하는 순간 갑자기 급격하게 피곤해진다.

【 배움 】

배우는 속도보다,
알던 것이 죽고
모르는 것이 태어나는 속도가 더 빠르다.
하나하나 진도를 밟아나가고 있다만
잠시라도 멈추면 큰일 나겠지 싶다.

【 번아웃 】

한번은 프랑스 만화 축제에서 만난 한 작가님께 여쭤본 적이
있다. 번아웃이 오면 어떻게 하시냐고. 그분은 자기는 번아웃
이 없다고 했다.

- On n'est pas bloqué, on se bloque.
    우리는 막혀 있는 게 아니야. 우리가 스스로 막고 있는
    거지. 하나의 일이 풀리지 않는다면, 다른 일을 하면 되는
    거야. 그 일은 책상에서 하는 일일 수도 있고, 집안일일
    수도 있어. 우리를 우리에 가두는 건 우리 스스로야.

나는 이 말이 티셔츠로 만들어 입고 다니고 싶을 정도로 너
무 좋았다.
그래서 요즘 나는 청소를 하는 대신 그림을 그린다.

【불안】

내가 할 수 있는 최선을 다했지만 여전히 아쉬운 부분이 있어.

이제는 내 손을 떠났으니 다른 사람의 결정을 기다리는 수밖
에 없어.

기다리는 동안, 시간이 있어서 1부터 z안까지 만들어봤어.

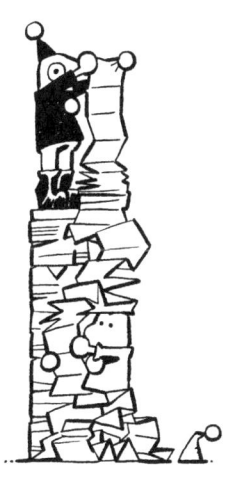

【소설】

에세이를 쓰니 소설 같고,
소설을 쓰니 에세이 같다.

【 종이 】

【 칸 】

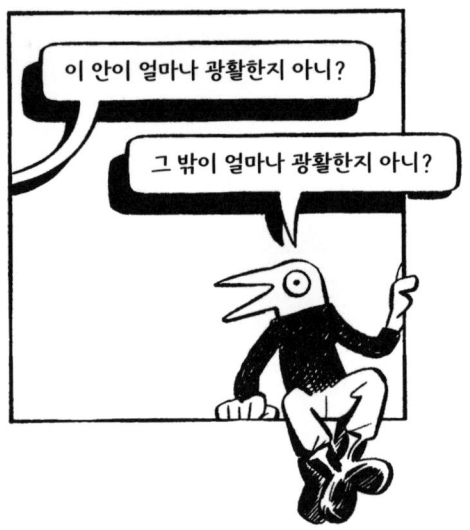

– 이 페이지 밖이 얼마나 광활한지 아니?

【 펜 】

더 이상 잉크를 전하지 못해도 펜일까.
기록을 남길 수 있다면 펜일 수 있을까.
더 이상 쓰지 않는 펜은 여전히 펜인가.

---

* 잉크가 다 닳은 펜은 종이의 접는 선을 만드는 용도로 쓰면 좋다.

---

* 펜촉이 가늘면 가늘수록 좋다.

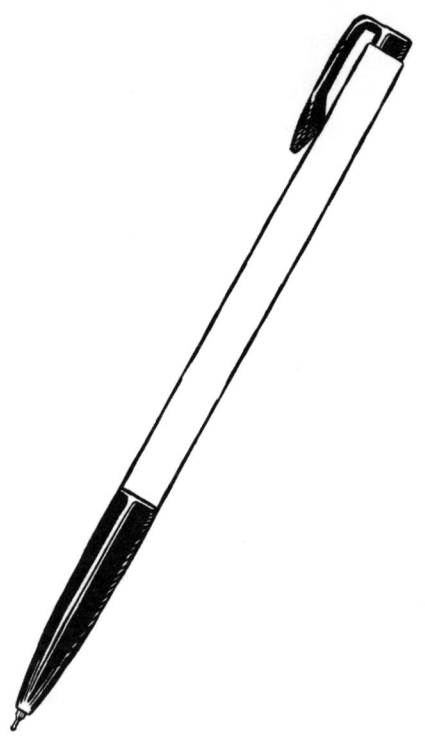

【 풍자하다 】

동사가 중요한 게 아니다.
주어와 목적어에 집중해야 한다.
대체, 누가, 누구를?

【 프로 】

프로의 세계가 뭔고 하니,
전문가들의 세계라는 것에 반쯤 발을 걸치고 보니
어떻게 이렇게 굴러가고 있는 건지 황당하다.
그걸 드러나지 않게 하는 것까지가 프로인가.

【 프리랜서 】

프리랜서인 내게도 월요병이 있다.
정확히 말하면 월요일까지 병이다.
클라이언트가 월요일에 출근하기 때문에
나의 일요일 저녁은 늦어도 월요일 아침 9시가 되어서야
끝이 난다.

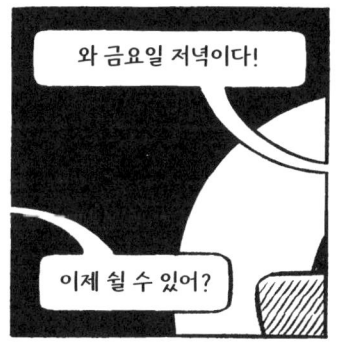
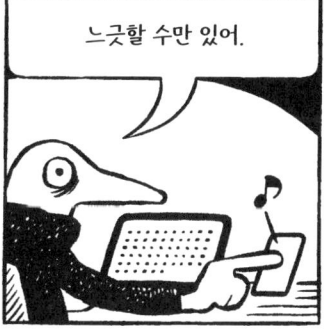

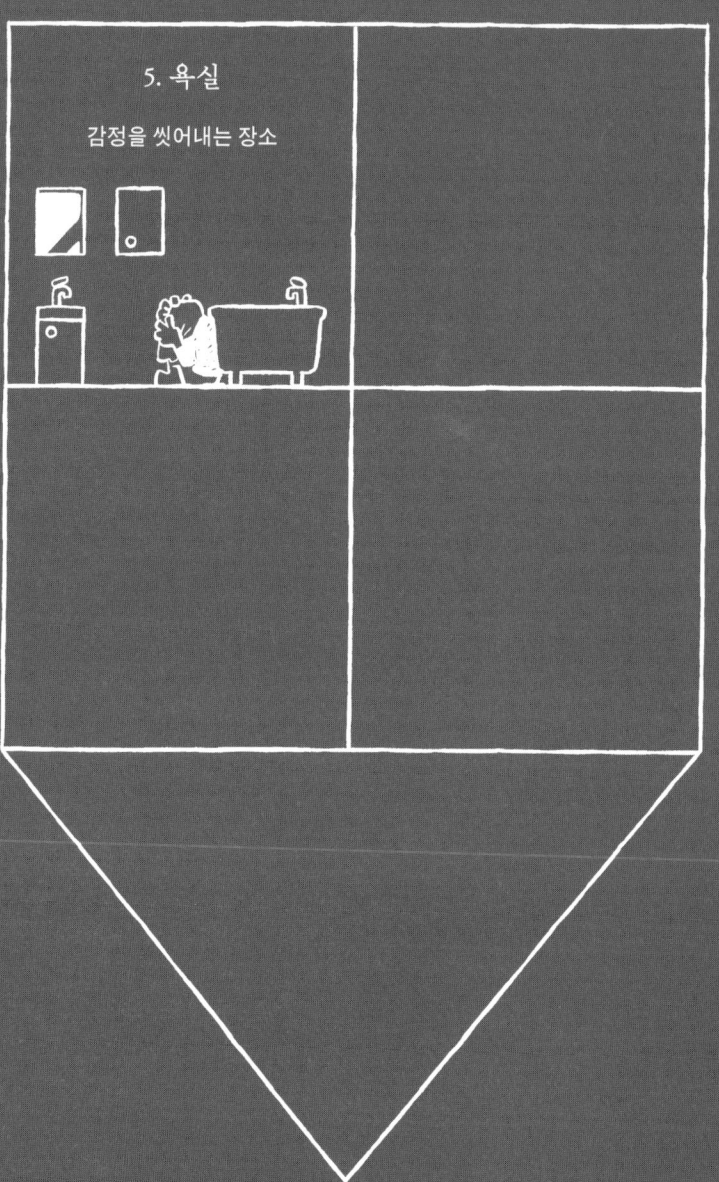

5. 욕실

감정을 씻어내는 장소

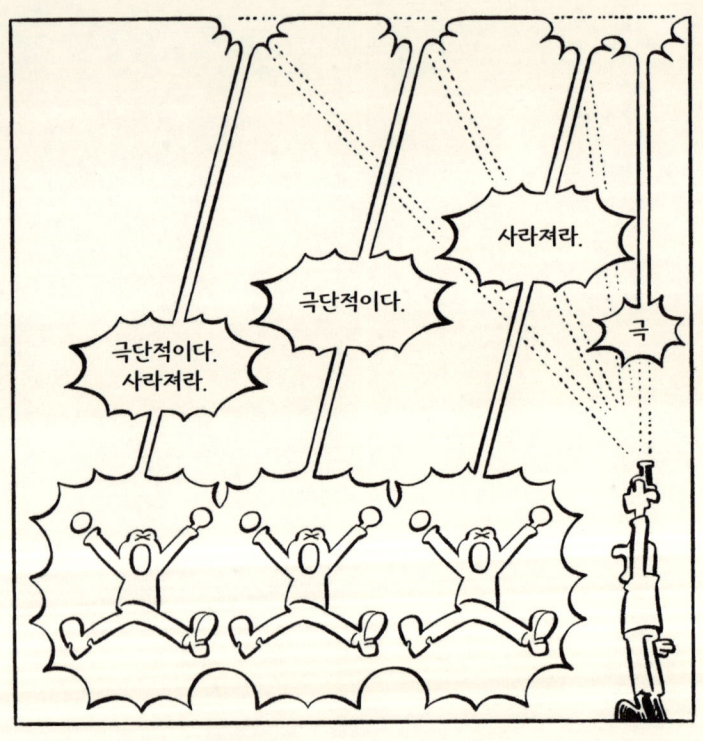

【 눈물 】

슬플 때는 마치 물속에 들어가 있는 것 같은데,
눈물이 귀에 들어가서 그런 것 같다.

【 무시 】

많은 화들은 무시받고 있다는 생각에서 나온다.

【 복수 】

굳이 노력해서 떠올리자면,
아직은 기억한다고 할 수 있겠습니다.
그때도 지금도 당신은 제가 따로 복수할 필요도 없는 사람입
니다.

늘 가시던 길을, 계속해서 같은 방식으로 가보세요.
그곳에서 당신보다 더한 사람을 만날 거고,
나의 바람은 그 사람이 이루어줄 거예요.

내가 그 시기를 정할 수도 없으니
나의 몫은 기다리는 것뿐이겠지요.

【분노】

너랑 내가 함께 할 수 있(없)는 이유는
우리의 분노 발화 지점이 같(다르)기 때문이야.

【 시기하다 】

각자의 시기가 다른 것뿐이리라.

【 욕 】

아유 증말 내가 욕을 안 할래야 안 할 수가 없다.
자기들도 욕이 나오겠지. 근데 어쩌란 말이냐.
이런 어쩌구. 저런 저쩌구. 나도 지금 그러고 앉아 있는데.
그래도 어떡하겠냐. 지금 당장 마무리할 일들이 있는데.
어쨌든 마지막에는 악수하면서 끝나면 그걸로 좋은 거 아니냐.

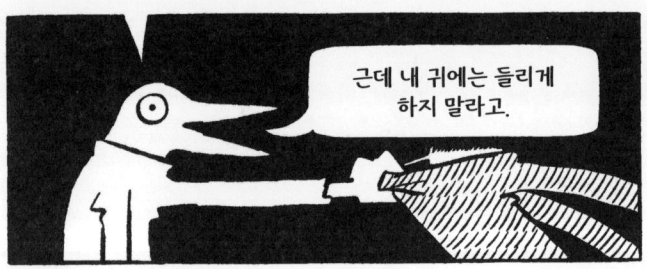

【 욕조 】

늘 욕조를 꿈꿨다. 모든 걸 혼자만 쓰는 집을 갖게 된 후, 작은 비닐 욕조를 주문했다. 작은 수영장처럼 보이는 이 욕조는 사용할 때마다 다시 조립해야 했고, 샤워부스에 넣으려면 절반은 구겨야 했다. 뜨거운 물을 받고 몸을 담그니, 마치 작은 유부주머니 속에 있는 야채 조각이 된 것 같았다.

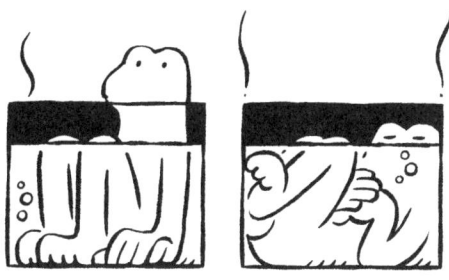

적절히 몸이 더워지려면, 문어빵처럼 몸을 이리저리 굴려야 한다.

나의 다음 목표는 세탁기가 있는 집이다.
욕조가 있는 집은 그다음 목표가 되었다.

【 타투 】

어느 해 연말 핸드포크를 하는 친구가 집에 놀러왔다.
1월 1일 신년을 맞이해서 새로운 도전을 하고 싶었다.
내 피부는 흉터가 오래 남는 편이라 귀걸이도 하지 못했는데,
이런 피부는 잉크를 넣으면 퍼질지도 모른다는 얘기를 들었
었다.
발목에 5mm 되는 개구리 얼굴 타투를 받았다. 하얀 잉크로.
처음에는 선명하던 타투가, 지금은 하얀 얼룩으로 남아 있다.
다른 사람 눈에도 내 눈에도 이제는 보이지 않지만,
확실한 건 내게 타투가 있다는 거다.

【 탓하다 】

풀고 싶은 게 문제인지, 기분인지.

【혼란】

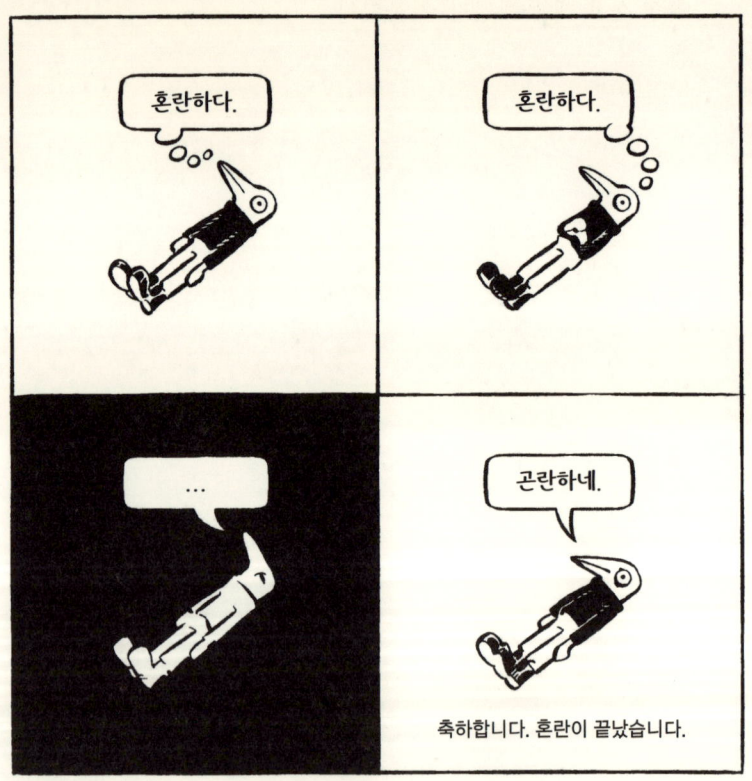

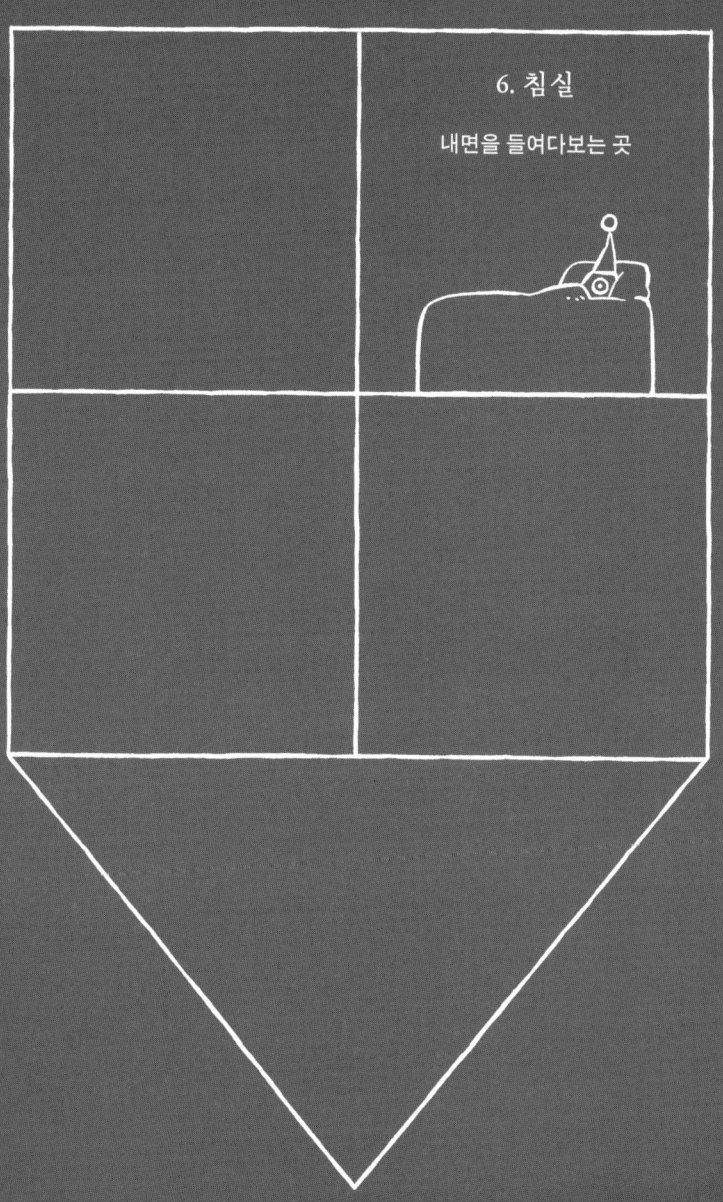

6. 침실

내면을 들여다보는 곳

【 고독 】

아주 오랫동안 아무것도 먹지 않은 것 같다.
배고픔을 뛰어넘은 잔잔한 배곯음.
딱히 뭘 넘기고 싶지 않고, 생각나는 것도 없다.
일단 누구라도 만날까 했지만, 탈이 날 것 같다.
콕콕 찌르는 아픔만 사라지면 좋으련만.
머리는 맑아지니,
조금만 더 이 상태로 있고 싶다.

【꿈】

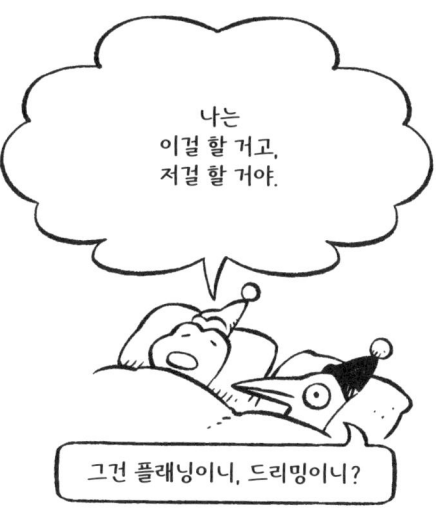

【나】

나에게 나는 이미 너무나 당연하게 나라서, 나의 나와 다른
사람의 나는 다를 수밖에 없다.

종종 상대의 질문들로 내가 이루어질 때가 있는데, 이름, 나
이, 성별, 주소, 전화번호. 그리고 직업, 국적, 가족 유무 등등.
나에게 던져지는 질문들로부터 내가 시작된다.

어떤 질문은 그 자체로 이미 내가 정해진 뒤 던져지는 것 같
고, 어떤 질문은 너무 많이 들어서 티셔츠로 입고 다녀야 할 것
같다.

나는 질문들을 연결해, 네가 보는 나에서 내가 아는 나를 알
려준다.

【 눕다 】

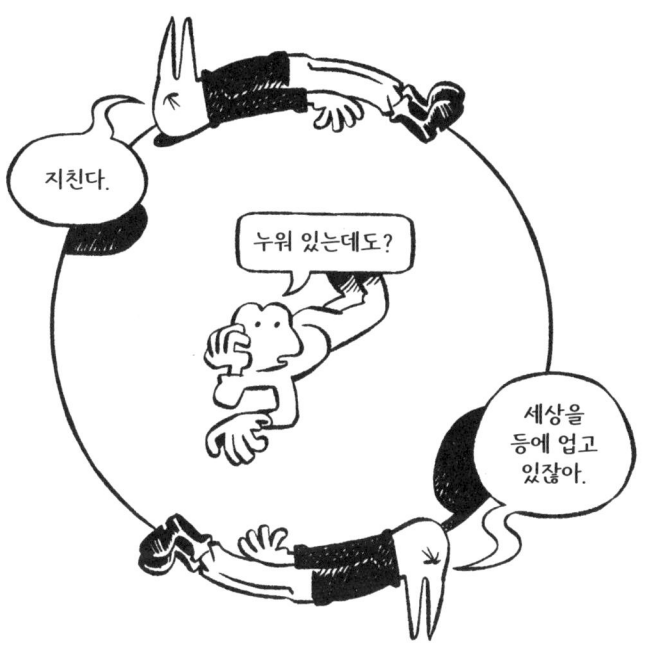

【 -답다 】

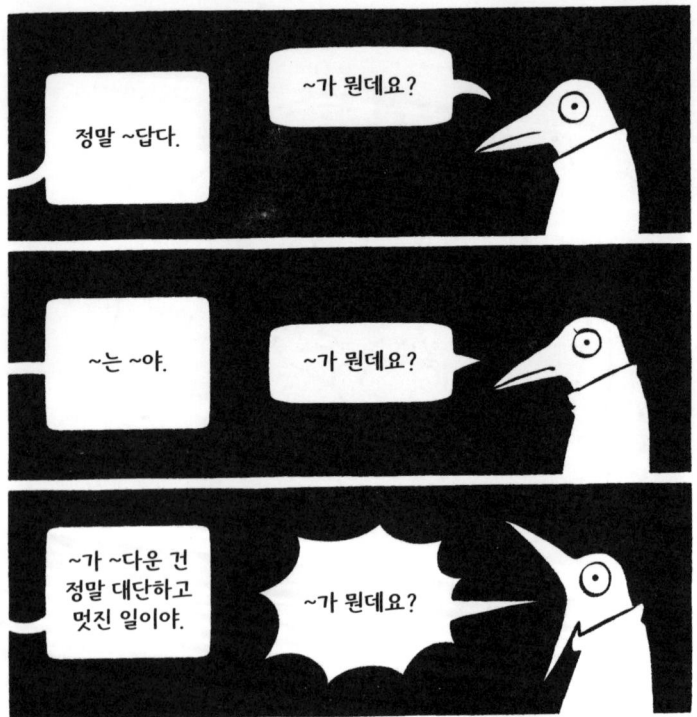

【 마음 】

-우리는 이것이 존재한다는 것을 명백히 인지하고 있습니다.
이것은 따뜻해지기도 하고 차가워지기도 하는 온도 변화가 있으며,
마치 풍선처럼 커졌다 작아졌다 하는 크기 변화도 보입니다.
문제는 정확히 어떻게 생겼는지, 어디에 있는지 알기 어렵다는 점입니다.
이것을 찾기가 쉽지 않고, 때로는 어디에 두어야 할지 결정하기도
어려운 경우가 많습니다.
하지만 우리 눈으로 지금 그 형태가 보이지 않을 뿐입니다.
중요한 것은 이것이 분명히 존재하고 있다는 사실입니다.

그런 걸까요?
눈에 보이지 않을 뿐인가요?

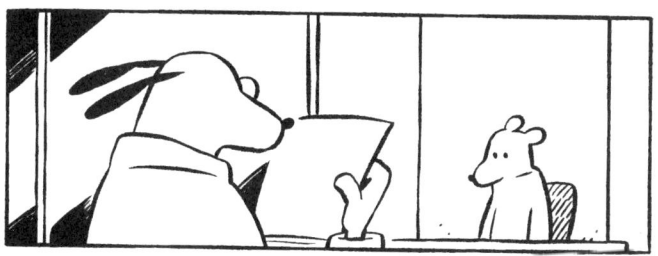

마음이 전혀 없네요.

【 묘지 】

프랑스의 묘지에 관해 취재를 한 적이 있다. 동네 장례지도사와 인터뷰를 했는데, 그분은 원한다면 나도 이 공동묘지에 묻힐 수 있다고 말씀해 주셨다. 그 누구도 나에게 체류증을 주겠다는 말을 농담으로도 안 했는데, 묫자리 하나는 가능하다니. 얼마나 따뜻하던지. 한 가지 독특한 점은, 일정 기간 동안은 무료로 머물 수 있지만, 그 이후에는 연장 비용을 내야 한다는 것이다. 죽어서도 월세를 내야 한다니. 그때쯤이면 내가 상관할 바는 아니겠지만.

【미래】

시간이 지날수록 예상할 수 있는 미래의 범주가 짧아지고 있다. 초등학교 때는 그래도 스무 살 직전까지는 상상할 수 있었는데, 요즘은 내다볼 수 있는 미래가 이번 주 금요일 정도까지다.

이마저도 다음 날 아침에 뜨는 뉴스들을 보면 세상이 왜 이러나 싶다.
미래에서 온 사람이 있다면 꼭 물어보고 싶다.
대체 오죽하면 여기로 오냐고.

【살다】

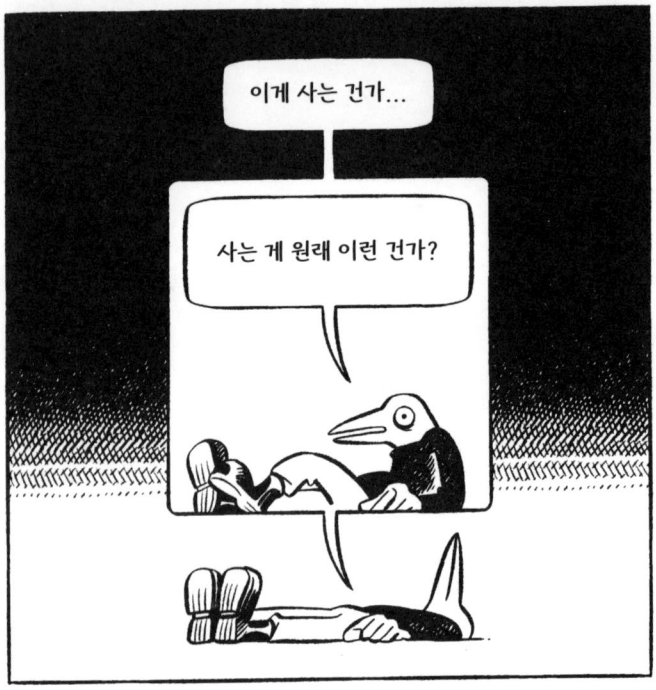

【 소원 】

지금까지는 부족함이 없었으면 좋겠다는 소원을 빌었는데,
이제는 무언가를 얻는 소원을 비는 사람이 되면 좋겠어요.

【쉬다】

– 이건 그냥 전원이 내려간 거잖아요.

【 실패 】

지금까지의 여정은 여기서 끝을 맺습니다.
잠시 쉬거나, 새로운 길을 찾아 나설 수 있습니다.

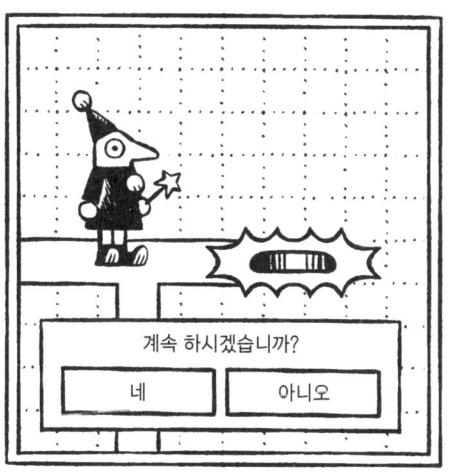

【 우울 】

우울이 뭐 그리 대단한가.

우울하다고 하니까, 갑자기 나를 아기 돌보듯 하는 사람이 있는가 하면, 그런 소리 말라고 다그치는 사람도 있다. 그냥 기운이 안 나고. 갑자기 눈물이 나고. 우울한 건 맞는데, 그래도 아이스크림 먹고, 일하고, 샤워도 한다. 내일 죽어도 상관없다는 생각이 들면서, 월세도 낸다.

나는 아주 안전하게 우울하다. (지금까지는)

【 자살 】

나는 자살하지 않기로 했어. 생각해 봤는데, 정말 확실한 방법이 없더라고. 애매하게 실패하면 나는 지금보다 신체적으로, 금전적으로 더 불편해질 거야.

내 목적은 편해지는 거야. 고통, 절망, 불안, 무력을 그만 느끼고 싶어. 이런 기분은 정기적으로 찾아와. 정도를 조절하기 어려워서 그렇지, 수습할 수 있을 정도의 자극을 주면 이 상태를 잠시 잊을 수 있어. 나는 나를 잠깐 잃어. 누워서, 눈의 초점을 앞이 아닌 뒤로 보내고, 머리 정수리 윗부분을 잠시 분리하고, 몸에 힘을 빼면서 몸과 마음을 잠시 버려. 이건 내가 생각했을 때 지금 도달할 수 있는 가장 죽음에 가까운 모습이야.

특히 힘든 날이면, 평소보다 눈에서 힘을 더 빼고, 머리를 더 열고, 몸을 더 덜어내고, 눈물까지 싹 다 비우지. 그리고 잘 씻고, 밖을 나가 몸에 열을 내고, 몸에 적당히 환기를 시켜줘.

아주 평화로울 때 그런 생각을 해. 지금 당장 누가 내게 확실한 죽음 버튼을 준다면, 나쁘지 않을 것 같아. 죽고 살고 그렇게 하고 싶은 이유는 얼마든지 만들 수 있지만, 꼭 그렇게 해야만 하는 이유는 없으니까.

【천국】

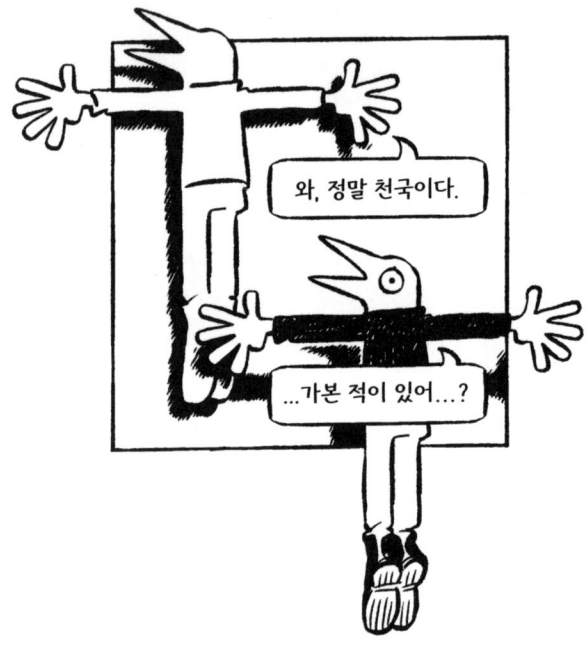

【 침대 】

지금 내 침대는 이불이 네 개에 베개가 세 개다.
이 정도면 싸울 일이 없어야 하는데,
침대가 하나라서 해결이 안 난다.

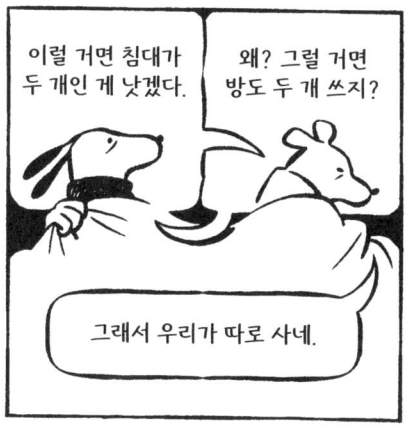

【 피하다 】

맞서야 할 이유가 없고,
달라질 것도 없다면
기력을 아끼는 게 좋지 않나.

【 혼자 】

대부분 몸이 혼자이고 싶지만
마음이 혼자이고 싶진 않아요.

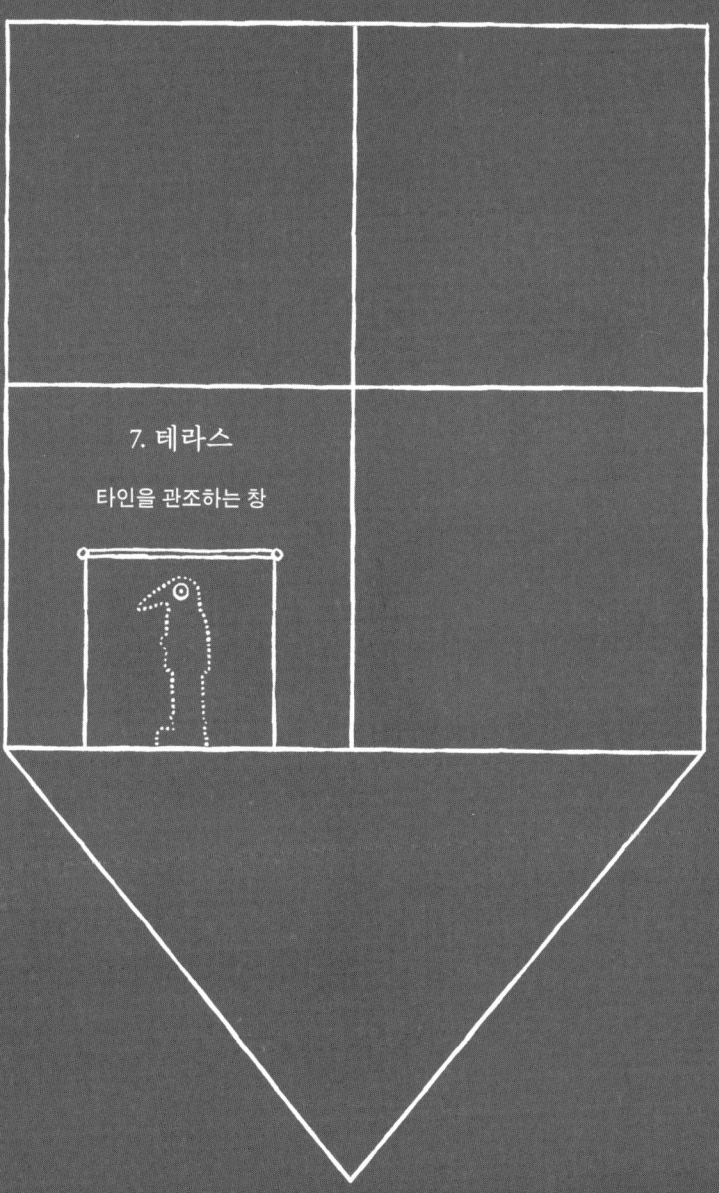

7. 테라스

타인을 관조하는 창

【 눈 】

너의 창에는 너만이 담겨 있구나.

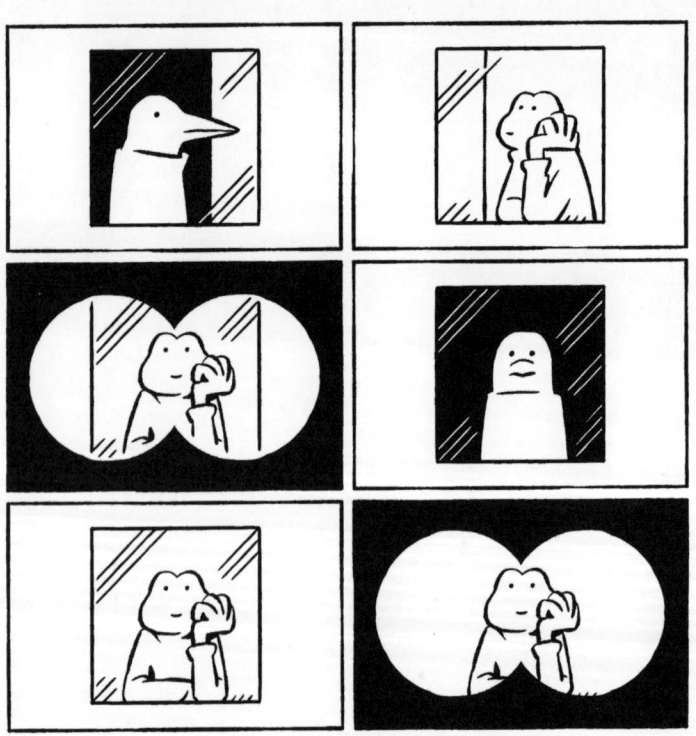

【 담배 】

일단 엄마에게 끊었다고는 했다.

【리뷰】

받을 수 없을 거라고 생각했던 답장이자
메시지에 대하여 모두가 볼 수 있게 쓴 편지.

【 문제 】

넌 모든 일에서 문제를 찾니?
: 세상에 완벽한 것이 없으니, 문제가 있는 건 당연하지.
불평이나 불만족이 아니라, 불확실함에서 오는 의문이야.

왜 문제를 삼니?
: 있는 걸 발견했고, 발견했으면 이야기를 해야지.
더 이상 문제를 찾지 않으면, 아무도 이야기하지 않을 거야.
우리는 이야기를 해야 해.

【부당하다】

남들만큼만, 기본만 해달라고 하는 게,
그게 그렇게 어려워요?

【 빨래 】

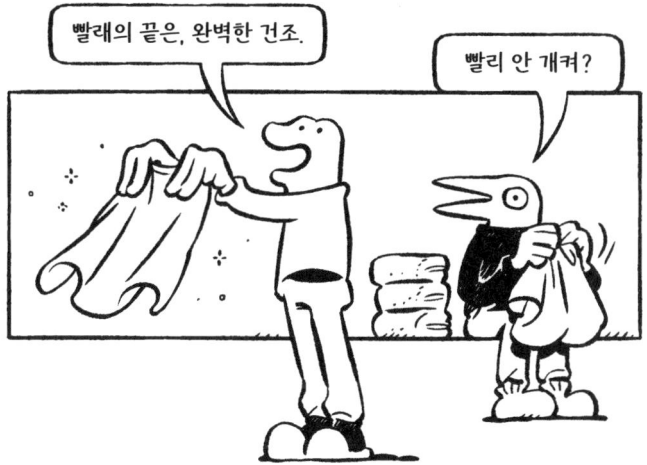

【 소음 】

사람들이 행복할수록 나는 괴로웠다.

벽 하나를 사이에 둔 옆집이 뽐내는 디제이 파티.

기숙사 바로 옆 공터에 생긴 뜨내기 유원지의 비명소리.

즐거움이 터지고, 기쁨이 찢어진다.

그들의 환희만큼 나의 원망도 커진다.

【 솔직하다 】

'솔직히−'라고 말을 시작하면,
그 전의 말들을 모두 가짜로 만들 수 있다.

【 실망 】

반드시 하겠다고 해놓고 안 했을 때보다
절대 안 한다고 했으면서 하고 있는 모습을 봤을 때
실망이 더 크다.

【 안개 】

선명할수록 심란하고
흐려질수록 편안하다.

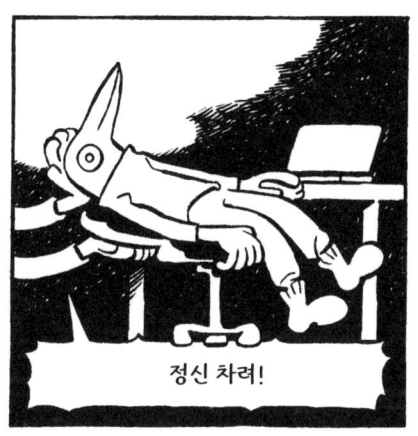

【이해하다】

다시 묻지 않다.

【 입장 】

서로의 입장을 생각하는 정도가 비슷했더라면.

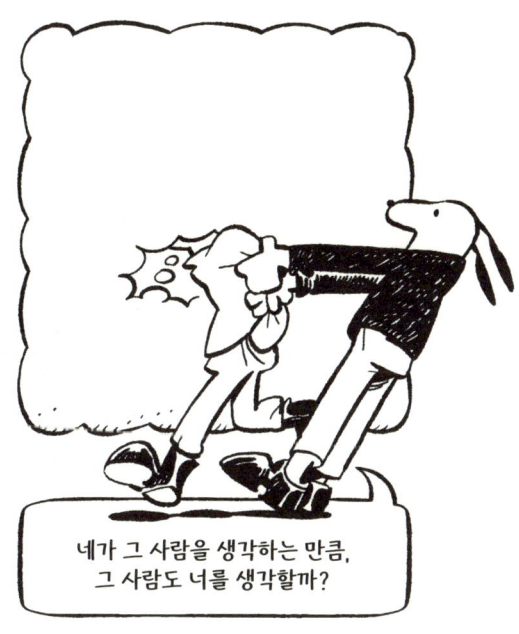

네가 그 사람을 생각하는 만큼,
그 사람도 너를 생각할까?

【 주인공 】

나는 내 인생의 주인공

이지만 친구 인생의 주인공은 아니다.

그리고 딱히 그렇게 대단한 악당도 아니다.

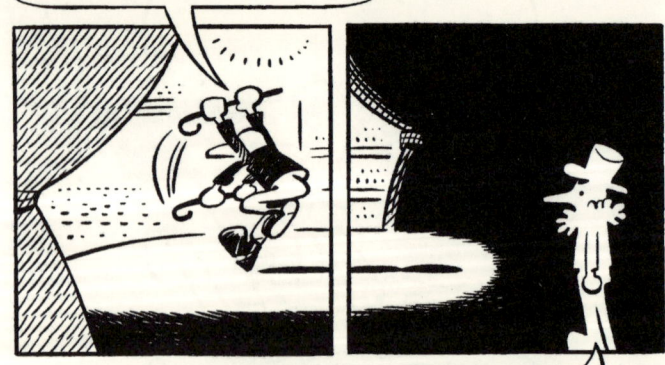

【 질문 】

"한 적도 없는데 대답은 왜 하는지."

"질문을 해도 똑같아. 딱 그거에만 대답을 안 해준다니까."

【 척 】

아직 미숙하지만,
익숙해질 때까지
척척 해내는 척을 한다.

【화분】

    나는 식물을 잘 길러냈다. 물을 주고 햇볕을 쬐어주는 일은 간단했다. 때때로 화분을 관리하는 게 어렵다는 사람들을 보면 이해가 안 갔다. 친구가 맡기고 간 바질을 말려 죽이고 나서야, 지금까지 내 곁에 있던 화분들이 모두 선인장과라는 걸 알았다.

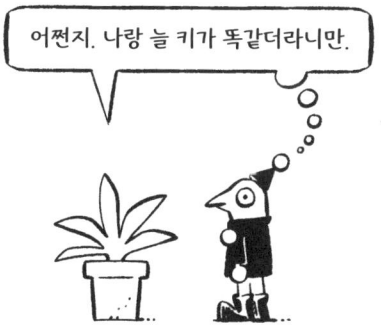

【효과음】

각 나라마다 쓰는 말이나 표현이 다르듯 효과음도 다르다.
예를 들어
강아지 울음소리는 바우와우 멍멍 우프우프
새는 짹짹 피요피요 퀴퀴

내가 제일 좋아하는 효과음은 인도의 총소리다.
한국은 빵빵
미국은 뱅뱅
프랑스는 팡팡!
인도는 뛰!씨꺄-옹!

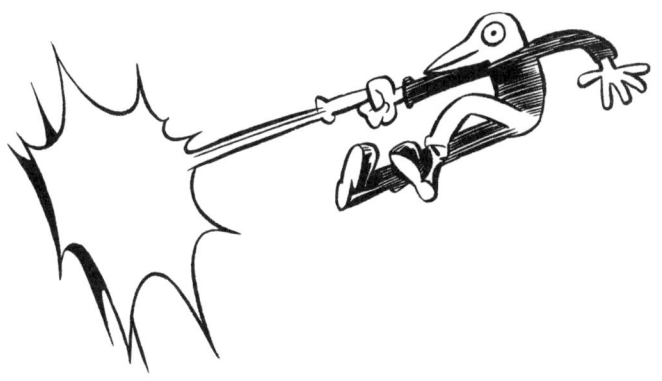

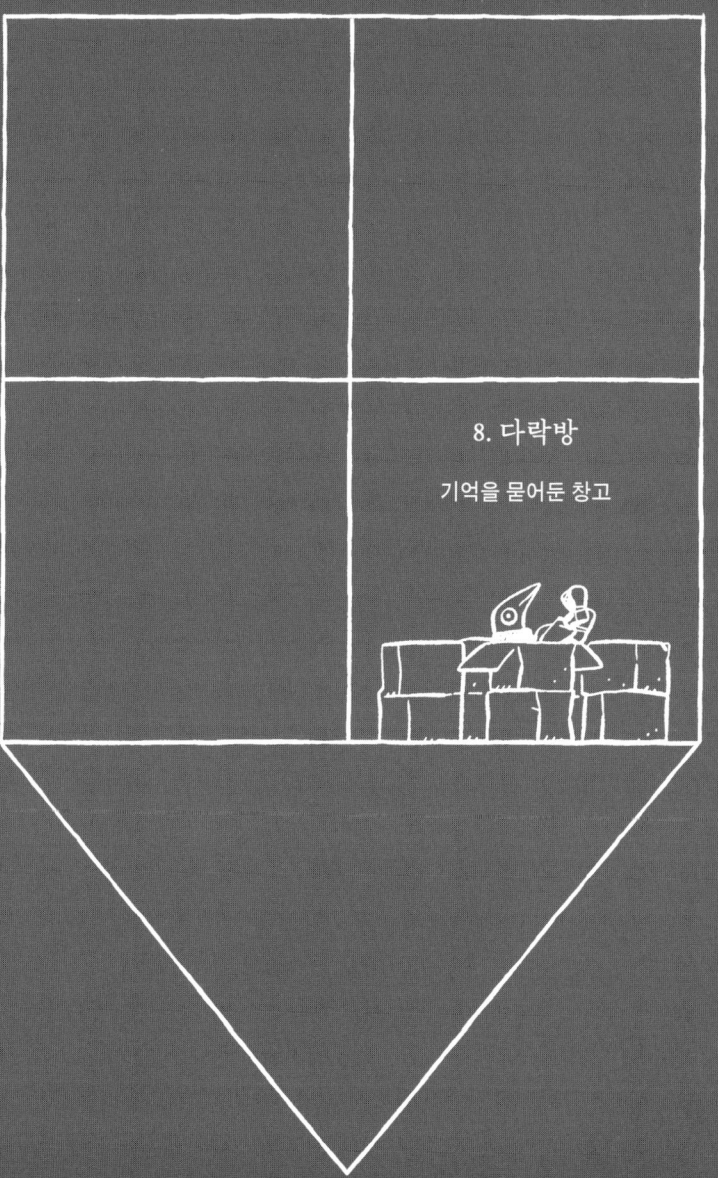

8. 다락방

기억을 묻어둔 창고

【 로또 】

나는 불확실한 것에 대한 결과를 기다리는 것이 극도로 싫다. 노력하지 않은 것에 대해 보답받고 싶다는 기대가 생기는 것도 싫다. 무엇보다 나는 그 누구보다 당첨 운이 없다.

한번은 프랑스에서 로또를 샀다. 그날 저녁에 결과가 나오는 것으로. 아무렇지 않은 척 했지만, 작은 기대감이 스멀스멀 올라오더니, 결과가 뜨기 다섯 시간 전부터는 극도로 불안하고 가슴이 답답했다. 한 시간 전부터 화면에 사이트만 띄워두었고, 3분 전부터는 새로고침만 계속 눌러댔다. 숫자가 떴을 때는 거의 기절 직전이었다.

화면, 종이, 화면, 종이. 펜까지 들어가며 계속 확인했지만, 맞는 것은 단 한 개도 없었다. 큰 절망, 비워진 속에 가득 찬 상실, 차디찬 허무. 큰 누름돌로 머리가 짓이겨지고, 목에서부터 배꼽까지는 가루가 되어 바닥에 흩뿌려진 것 같았다.

혼자 살기에 너무 크지 않은 안락한 이층집, 부모님 선물로 해드리는 여행, 저금에서 오는 남모를 자신감, 세금 처리 및 이 비밀을 떠벌리지 않을 무거운 입. 내 것은 아니라며, 나의 분수를 잘 알고 있다며 손을 내저었던 모든 것들. 손 틈 사이 곁눈질로 고요히 탐냈던 그 모든 것들이 한순간에 사라졌다.

이후로 일 년이 조금 지났을까. 평소에 그런 소리 안하던 엄마가 좋은 꿈을 꿨다며 로또를 사라고 했다. 이상하게 날이 좋아서 가장 비싼 걸로, 추가금까지 얹어 몇만 원어치를 샀다.

그리고 그날 아홉 달 가까이 끊었던 연초를 다시 시작했다.

【 묘비명 】

당신의 삶을 기억할 한 문장.
어떤 글귀를 남기고 싶으신가요?

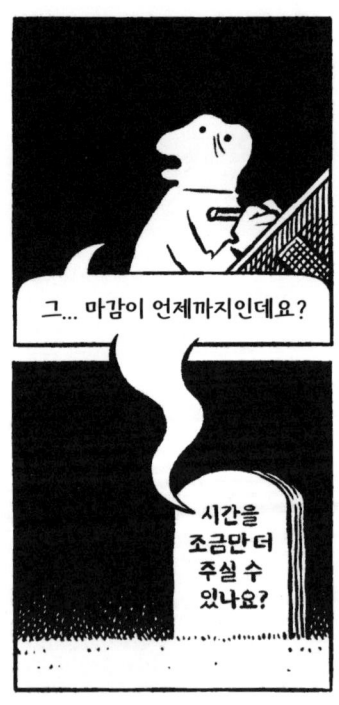

【 미련 】

가는 길마다 발목을 잡으니,
가능한 그때 충분히 하는 것이 좋다.

【 믿음 】

늘 옳지는 않아도
없으면 흔들린다.

【별일】

별일 아니라고 생각했던 것들이 모이면
더 이상 별일이 아니게 된다.

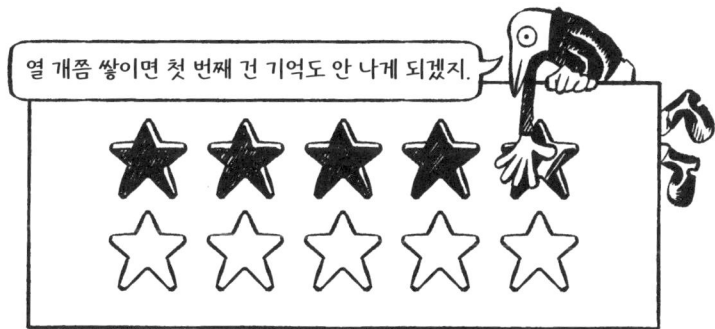

【 약속 】

나는 깨질까 봐 평소에도 조심조심 했는데.
너는 어떻게 이렇게 함부로 다룰 수가 있어?

새로 하나
사면 되지.

【저주1】

나 같은 애를 낳아 똑같이 고생해 보라 한다.
확실하게 보장된 괴로움을 바라다니.
내 대에서 우리 가문의 저주를 끊으리.

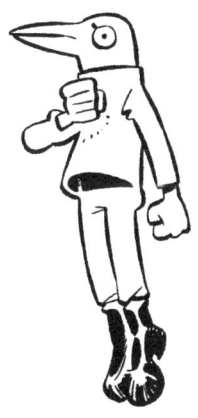

【저주2】

자신의 힘으로 이룬 성취에 만족하지 못하고,
그 기쁨이 타인에 대한 질투로 가려지며,
늘 허공을 쫓고 마음의 허기짐을 안고 살아가기를.

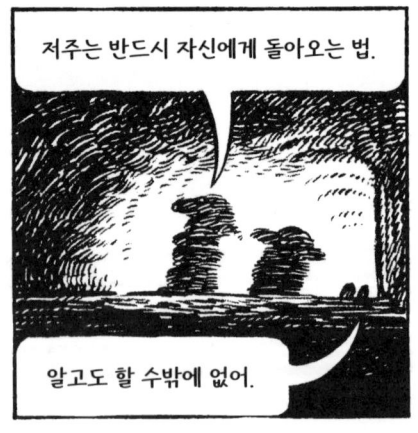

【 정리 】

정리를 하면 아무것도 찾을 수 없는 이유를 이제 알았어.

나는 그동안 정리가 책상을 깨끗이 만드는 거라고 생각했던
거야.

그래서 조그만 것들은 다 상자에 넣고

큰 것들은 전부 벽장에 밀어 넣었던 거지.

어차피 다시 사용할 것들이고, 다시 늘어놓을 건데

평소에 두지도 않았던 곳들에 두니까 다 잃어버리는 거야!

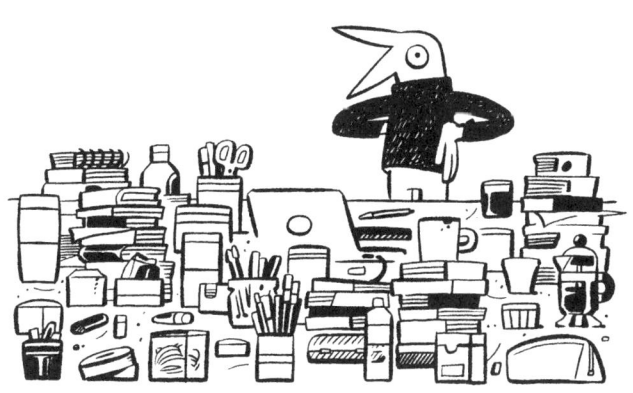

【 조언하다 】

내가 그동안 놓치고 있었던 것들,
그래서 후회하는 마음이 남아 있는 것들에 대해 말하다.

【 죽음 】

사진도 있고
나눈 글들도 있다.
기억도 기록도 많지만
새로운 소식이 더 이상 없다.
이제는 같은 속도로 있지 못할 뿐이다.

【 트라우마 】

나는 트라우마를 극복할 수 없을 거야.

하지만 요리조리 잘 피해서 살아볼게.

근데 내가 조심한다고 해서 도망에 성공하는 건 아니라서.

몇 번은 마주치게 될 거고

내가 정말 이상한 행동을 하게 될 거야.

그래도 다시 제자리로 돌아올게.

【 포기 】

포기는 행동을 말하는 단어가 아니라
감정을 뜻하는 단어 같다.
하는 일 혹은 하려던 일을 멈췄다는 말 뒤에
따라오는 마음들이 길다.

【 후회 】

뒤를 돌아봐도 상관없지만,
뒤로 걷고 있는 것은 아닌지.

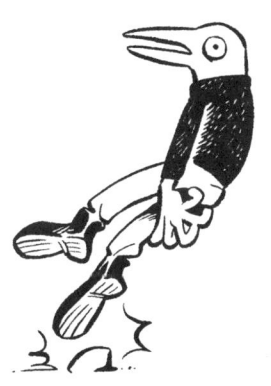

안녕히 가세요!

【완성】

완벽하고자 하니
끝은커녕 시작도 할 수 없다.

【 작별 】

'이제 슬슬'의 타이밍이 같을 때
나는 너와 내가 진정한 벗임을 느껴.
언제일지 약속할 수 없지만,
또 우연처럼 운명처럼 다시 만나자.

【후기】

시작할 때도 그렇고, 중간 과정에서도 할 수 없다.
프로젝트 하나의 끝을 보고 나서야 쓸 수 있는 메시지.

찾아보기

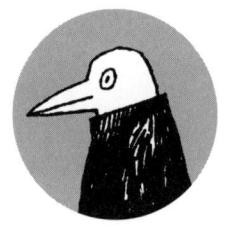

실키

인도에서 그림 공부를 하며 SNS에 만화를 연재했다. 많은 사람들이 웃픈 현실과 감정을 촌철살인의 유머로 그려 낸 그의 만화에 열광했다. 첫 책 『나-안 괜찮아』와 『하하하이고』는 일상에 지친 독자들의 공감을 끌어내며 베스트셀러에 올랐고, 현실과 허구를 재구성한 단편 만화를 실은 『그럼에도 여기에서』도 좋은 반응을 얻었다. 프랑스 만화 출판사 다르고의 컬렉션인 마탕의 인스타그램에서 아시아 여성으로서의 경험을 담은 『김치바게트』를 연재해 프랑스 독자들의 사랑을 받았다. 또한 음악인 이랑의 일화를 담은 『음악의 사생활 99 : 2010년 이랑』에서 그림을 맡았다. 현재 프랑스에 머물며 작품 활동을 이어 나가고 있다.

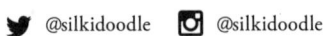

f www.fb.com/silkidoodle

🐦 @silkidoodle 📷 @silkidoodle

단어; 집

니 맘대로
내 맘대로

초판 1쇄 발행 2025년 6월 25일

글 그림 실키
펴낸이 조미현

책임편집 김솔지
디자인 나윤영
마케팅 이예원, 공태희
제작 이현

펴낸곳 (주)현암사
등록 1951년 12월 24일 (제10-126호)
주소 04029 서울시 마포구 동교로12안길 35
전화 02-365-5051
팩스 02-313-2729
전자우편 editor@hyeonamsa.com
홈페이지 www.hyeonamsa.com

ⓒ 실키, 2025

ISBN 978-89-323-2432-6 02810